柄谷行人の現在

近代文学の終り

Karatani, Kojin
柄 谷 行 人

インスクリプト
INSCRIPT Inc.

目次

第一部　近代文学の終り

1　翻訳者の四迷——日本近代文学の起源としての翻訳——7

2　文学の衰滅——漱石の『文学論』——21

3　近代文学の終り——35

第二部　国家と歴史

1　歴史の反復について［インタビュー］——83

2　交換、暴力、そして国家［インタビュー］——109

第三部　テクストの未来へ

1　イロニーなき終焉［インタビュー］―― 169

2　来るべきアソシエーショニズム［座談会］―― 197

あとがき 272

第一部　近代文学の終り

1

翻訳者の四迷——日本近代文学の起源としての翻訳

明治前期には、多くの西洋の小説が翻訳された。しかし、それは翻訳というよりも翻案に近かった。つまり、原文の意味あるいは筋を紹介すれば足りるということであった。その中で初めて、原作に対して忠実に逐語的な翻訳を試みたのが、二葉亭四迷である。二葉亭は、そのような翻訳の仕方について独自の意見をもっていた。《外国文を翻訳する場合に、意味ばかりを考へて、これに重きを置くと原文をこはす虞がある。須らく原文の音調を呑み込んで、それを移すやうにせねばならぬと、かう自分は信じたので、コンマ、ピリオドの一つをも濫りに棄てず、原文にコンマが三つ、ピリオドが一つあれば、訳文にも亦ピリオドが一つ、コンマが三つといふ風にして、原文の音調を移さうとした》(「余が翻訳の標準」)。

しかし、これはたんなる思いつきではなかった。彼は翻訳をどうすべきかについてかなり研究していたのである。彼はバイロンをロシア語に訳したジュコーフスキーのやり方がよいと考えた。それは簡単にいえば、「原文を全く崩して、自分勝手の詩形とし、唯だ意味だけを訳してみる」というやり方である。そのロシア語訳は、彼の英語能力で読むバイロンよりも、見事だ。自分もそのようにしたいと思ったが、できなかった。「何故かと云ふに、ジュコーフスキー流にやるには、自分に充分の筆力があつて、よしや原詩を崩しても、その詩想に新詩形を附することが出来なくてはならぬのだが、自分には、この筆力が覚束ないと思はれたからだ」。だから、逐語訳のやり方でやったというのである。しかし、この自嘲的な回想を額面どおりに受け取るべきではない。

たとえば、森鷗外の翻訳はいわばジュコーフスキー流の翻訳で、原作から自立した創作として定評があった。それに対して、二葉亭の翻訳は、「いや実に読みづらい、佶屈聱牙《きつくつがうが》だ、ぎくしやくして如何にとも出来栄えが悪い。従つて世間の評判も悪い、偶々賞美して呉れた者もあつたけれど、おしなべて非難の声が多かつた」と二葉亭はいっている。しかし、実際には彼の翻訳、特にツルゲーネフの「あひびき」などの翻訳は、大きな影響を与えたのである。

一方、彼自身が書いた小説『浮雲』は言文一致で書かれ、日本最初の近代小説としてのちに評価されるようになったが、ほとんど同時代に影響を与えなかった。二葉亭自身も創作への関心を棄ててしまった。彼が再び小説を書いたのは、それから約二〇年後、死ぬ一年ほど前にすぎない。では、彼の小説ではなく、翻訳がなぜ影響を与えたのか。それは、彼の小説は徳川時代の俗語的な小説を受け継いだ文体で書かれたのに、翻訳はロシア語の原作の逐語的な翻訳だったからである。

中村光夫はこう述べている。《この方法は彼自身の眼から見ても必ずしも成功したとは云えず、当時一般の作家の間では不評でしたが、原作者の感受性の動きが、そのまま日本語に移し易えられたような一種独特な調子が、青年たちに、清新な印象をあたえ、在来の文章感覚に馴れた目からは、ぎこちなく整わぬものに見えた文体が、彼等の若い感受性に、新しい表現の道を示唆しました》(『現代日本文学史』明治篇・筑摩書房)。

しかし、このことをたんに偶然的な結果とみなしてはならない。二葉亭が、自分は日本語がよく出来ないから原作の意味を巧みに伝える創造的な翻訳をあきらめたというのは、例によって自虐的な言い方にすぎない。彼は、本当はそのような方法を否定したかったのである。人々は二葉亭の翻訳のユニークさ、そしてその結果の大きさに注目する。しかし、彼がもっていた認識には注目しないのだ。それに関して、私は、ベンヤミンが「翻訳者の使命」というエッセイで述べた事柄が示唆的であると考える。一九世紀にヘルダーリンによるソフォクレスの翻訳が逐語訳のひどい例とみなされてきたが、ベンヤミンはそのような翻訳を擁護し、また、ルードルフ・パンヴィッツの次の言葉を引用している。

わが国の翻訳は、その最良のものですら、誤った原則から出発している。それらはドイツ語をインド語化、ギリシア語化、英語化するかわりに、インド語、ギリシア語、英語をドイツ語化しようとするのである。外国語の作品の精神に対してよりも、自国語の用語法に対してはるかに多大な畏敬の念を抱いているのだ。……翻訳者の原則的な誤謬は、自国語を外国語によって激しく揺さぶるかわりに、自国語の偶然的状態をあくまで保持しようとするところにある。翻訳者は、とりわけはるか縁遠い言語から翻訳する場合には、語と像と音がひとつに結びつく言語そのものの究極の要素《エレメント》にまで遡らなければならない。翻訳者は自国語を外国語によって拡大し深めなければならない。

（ルードルフ・パンヴィッツ『ヨーロッパ文化の危機』一九一七年）

この主張は、まさに、二葉亭が参考にしたジュコーフスキーの翻訳のやり方を全面的に否定するものである。ベンヤミン自身は、逐語的な翻訳をすべき根拠を、次のような考えに見出している。文学テクストには、言語的な形式自体がもたらし、けっして何らかの意味に還元されてしまわないような何かがある。ベンヤミンはそれを「純粋言語」die reine Spracheと呼ぶ。逐語的な忠実さが、翻訳者に、原作をたんに意味として受け取るのでなく、「純粋言語」に向かうことを強いる。そこで、ベンヤミンは次のようにいうのである。

純粋言語とは、みずからはもはや何も志向せず、何も表現することなく、表現をもたない創造的な語として、あらゆる言語のもとに志向されるものなのだが、この純粋言語においてついに、あらゆる伝達、あらゆる意味、あらゆる志向は、それらがことごとく消滅すべく定められたひとつの層に到達する。そして、まさにこの層から、翻訳の自由はひとつの新たなより高次の正当性をもつものであることが確認される。この自由は、あの伝達される意味——この意味から解放することがほかならぬ忠実さの使命なのだが——によって存続するのではない。翻訳の自由はむしろ、純粋言語のために、翻訳の言語を拠り所としてみずからの真実性を証明する。異質な言語の内部に呪縛されているあの純粋言語をみずからの言語のなかで救済すること、作品のなかに囚われているものを改作のなかで解放することが、翻訳者の使命にほかならない。この使命のために翻訳者は自身の言語の朽ちた柵を打ち破る。そのようにして、ルター、フォス、ヘルダーリン、ゲオルゲはドイツ語の限界を拡大したのだった。

（ベンヤミン「翻訳者の使命」、内村博信訳、『ベンヤミン・コレクション2　エッセイの思想』所収、一九九六年、ちくま学芸文庫）

ルターが『聖書』をドイツの俗語で翻訳したこと、そして、それが標準的なドイツ語になったことはよく知られている。フィヒテは、ドイツ語をギリシャ語のみが比肩しうる唯一の原言語であり、その他の不純な言語と異なるといった。彼はドイツ語が翻訳によって形成されていることを忘れて、そのオリジナリティを主張しているのだ。ドイツ語だけではない。近代のナショナルな言語はすべて翻訳を通して形成されているのである。しかし、大切なのは、なぜルターの翻訳がドイツ語を形成してしまうほどの強い影響力をもったのかということである。ベンヤミンは、ルターの『聖書』がもった影響力を、やはり、それが逐語的な翻訳であったことに見出している。そして、ルターに逐語的 faithful な翻訳を強いたのは、『聖書』という神聖なるテクストへの彼の信仰 faith である。

それは、しかし、二葉亭が逐語的な翻訳をした理由を説明するものでもある。二葉亭はいう。《文学に対する尊敬の念が強かつたので、例えばツルゲーネフが其の作をする時の心持は、非常に神聖なものであるから、これを翻訳するにも同様に神聖でなければならぬ、就ては、一字一句と雖も、大切にせねばならぬとやうに信じたのである》。《ツルゲーネフはツルゲーネフ、ゴルキーはゴルキーと、各別にその詩想を会得して、厳しく云えば、行住坐臥、心身を原作者の儘にして、忠実に其の詩想を移す位でなければならぬ。是れ実に翻訳における根本的必要条件である》。

このような観点からみれば、二葉亭の逐語的な翻訳は、意味を伝達するだけでなく、それぞれの作品から、意味に囚われている「純粋言語」を、日本語において救済するということにほかならないのである。彼が日本語よりロシア語のほうがよく分ったというのは、誇張ではない。むしろ外国語だからこそ、意味に還元されない「純粋言語」を感じとろうとすることができたのである。他方で、彼の逐語的な翻訳は、まさに「自国語を激しく揺さぶる」ことにほかならなかった。若い人たち、たとえば、国木田独歩のような作家が、他の何よりも、二葉亭によるツルゲーネフの翻訳に震撼されたのはそのためである。それ以前の翻訳、あるいは、日本語によるさまざまな取り組みは、「自国語の偶然的状態をあくまで保持しようとするところ」にあったので、二葉亭の翻訳が与えたような清新さを与えなかったのである。

だが、問題は、日本の近代文学が、彼が翻訳したツルゲーネフの方向に向かってしまったことである。実は、それは、彼の『浮雲』が影響を与えなかったということと関連している。二葉亭によるツルゲーネフの翻訳は逐語訳だからこそ影響を与えた、と私は述べた。しかし、二葉亭が逐語的に翻訳したのはツルゲーネフだけでない。彼は、ゴーゴリやゴーリキーをも逐語的に翻訳しているのだ。注目すべきことは、彼のゴーゴリの翻訳の文章がある意味で二葉亭自身の『浮雲』の文体に似ているということである。さらにさかのぼっていえば、それは式亭三馬のような江戸の作家（滑稽本）と似ているのである。

二葉亭四迷はツルゲーネフを訳したが、それを好んでいたとはいえない。彼の資質は明らかに、ゴーゴリ、ドストエフスキーの線にあった。ところが、彼の翻訳が与えた影響はゴーゴリではなく、ツルゲーネフの線上においてだけであった。それは何を意味するか。

明治日本の作家たちは、江戸小説とつながるサタイア的な小説ではなく、先ずリアリズム的小説を日本語で実現したかったのだ。

この問題は、同じ時期の日本の画家が出会った問題に似ている。フランスでは、一九世紀半ばにフランスで写真が出現したときに、肖像画で食っていた画家がやっていけなくなった。幾何学的遠近法を特質とする近代絵画は、実は写真と同じ原理、すなわち、カメラ・オブスキュラにもとづいていたからである。写真が出現したとき、それはその存在理由をなくした。そこで、印象派の画家たちは写真ではできないことをやろうとした。そのとき、彼らは日本の浮世絵に出会ったのである。ところが、皮肉なことに、それからまもなく、明治の日本人は、印象派以前の西洋の絵画を規範として受け入れたのである。フェノロサや岡倉天心は、日本の伝統的な美術に、西洋近代の美術の限界を超えるものを見ようとしていた。しかし、岡倉は西洋派によって彼が創立した美術学校を追われた。それは、国木田独歩が二葉亭の翻訳したツルゲーネフの作品の影響を受けた文体で書いた「武蔵野」を発表したころである。

近代小説の特質は何といっても、リアリズムにある。小説が芸術とみなされたのは、それが虚構を通して「真実」を把握すると見なされるときである。そのためには、虚構であっても、それがまるでリアルであるかのように思われなければならない。「物語」ではだめなのだ。イギリスの小説でも、初期は、デフォーがそうだが、書いてあることが物語ではなく事実なのだという体裁を作っている。その結果、『疫病流行記』などは史実だと思われた程である。今日テレビなどでは「この話はフィクションです」とわざわざ断わっているが、初期の小説はその逆であった。物語であるのに、それがリアルであるかのように見えさせるにはどうすればよいかが、小説家の工夫するところだった。それは絵画と並行した問題である。

パノフスキーは、絵画のリアリズムをもたらすものを、対象とそれをとらえる形式の二つの観点から見ている（『〈象徴形式〉としての遠近法』）。対象面でいえば、それは宗教的歴史的な主題から、平凡な人間や風景を主題にするようになる。形式（象徴形式）でいえば、それは幾何学的遠近法の採用である。これは、固定した一点から透視する図法によって、二次元の空間に奥行のある形を与える工夫である。実は、小説のリアリズムについても、同じことがいえる。

対象面についてはいうまでもない。それは簡単にいえば、主題がありふれた人間と風景に移行したということである。しかし、このシフトには大きな心理的な転倒がひそんでいる。それについて、かつて私は『日本近代文学の起源』の中で、国木田独歩の「忘れえぬ人々」を例にとって示した。「忘れえぬ」ものとは、「忘れて叶ふまじき」重要なものではなく、とるにたらないものであるのに忘れられないような風景なのである。

他方で、形式面でいえば、リアリズムをもたらすのは、語り手がいるのに、まるでそれがいないかのように見せる話法の工夫である。それが完成された形態が「三人称客観描写」である。そこでは固定した一視点からの透視が「現前性」と「奥行」を与える。この話法はフランスでは一九世紀半ばに成立した。ロシアではツルゲーネフによって確立されたといってよい。それが二葉亭によって日本語に訳されたのである。

しかし、同時期のロシアには、むしろそのようなリアリズムを拒絶した作家がいた。ゴーゴリやその「外套の下から出てきた」と称するドストエフスキーである。彼らの作品はいわばルネサンス的な小説であり、バフチンが強調したように、そこに「カーニバル的な世界感覚」が保持されている。イギリスでいえば、それは一八世紀のスウィフトやローレンス・スターンである。バフチンは、イギリスの前ロマン派のスターンに「カーニバル的な世界感覚」が主観的な形で回復されているといっている。漱石がデフォーを嫌って、スウィフトとスターンを賞賛したことを想起しよう。こうして、ゴーゴリに親近性を覚える二葉亭四迷と、ローレンス・スターンに親近性を覚える夏目漱石がひそかに共鳴するとしても不思議ではない。そうした「カーニバル的な世界感覚」は、江戸の戯作というよりももっと根本的に、「俳諧」という日本の伝統に根ざしていたのである。

しかし、西洋人が幾何学的遠近法を疑いはじめ、そこからの脱出の鍵を日本の浮世絵に見出したころに、日本人が逆に油絵でリアリズム絵画を実現しようとしたのと似たようなアイロニーが、近代文学に関しても見出される。そのため、二葉亭が訳したツルゲーネフの翻訳がもっぱら影響力をもち、彼の訳したゴーゴリは無視された。同時に、彼の書いた『浮雲』も無視された。ずっとのちにそれが最初の近代小説という評価を受けたときも、それは「ルネサンス的」とは見なされず、まだ江戸の小説の古さを引きずった過渡的な作品であると思われたのである。

二葉亭四迷自身は終生そのスタンスを変えなかった。たとえば、最晩年に漱石に請われて朝日新聞に連載した『平凡』では、次のように書かれている。

さて、題だが……題は何としやう？　此奴《こいつ》には昔から附倦《つけあぐ》んだものだツけ……と思案の末、磕《はた》と膝《ひざ》を拊《う》って、平凡！　平凡に、限る。平凡な者が平凡な筆で平凡な半生を叙するに、平凡といふ題は動かぬ所だ、と題が極《きま》る。

次には書方だが、これは工夫するがものはない。近頃は自然主義とか云つて、何でも作者の経験した愚にも附かぬ事を、聊《いささ》かも技巧を加へず、有の儘《ありのまま》に、だら〳〵と、牛の涎《よだれ》のやうに書くのが流行《はや》るさうだ。好い事が流行る。私も矢張り其で行く。

で、題は「平凡」、書方は牛の涎。

三人称客観において、語り手がありながらそれが登場人物と一体になってしまうことは、先ず一人称小説に始まっている。一人称小説において、語り手と登場人物が融合してしまうからである。しかるに、約二〇年ぶりに書いた小説において、二葉亭は対象化された私とは別の語り手（作者）を保持したのである。そして、最後にはこの自伝的小説を戯作に変えてしまう。《二葉亭が申します。此稿本は夜店を冷かして手に入れたものでござりますが、跡は千切れてござりません。一寸お話中に電話が切れた恰好でござりますが、致方がござりません》。二葉亭は彼の翻訳したツルゲーネフの線上に発展した日本近代文学の主流、つまり、自然主義小説を「牛の涎」と呼んだ。すなわち、彼自身は『浮雲』あるいはゴーゴリの線上にありつづけたのである。

追記——本稿は二〇〇四年三月二六・二七日にコロンビア大学で行われた、Translation Matters: East Asian Literatures in Transnational Perspectiveという学会で発表された論文、"Translation as the Origin of Modern Japanese Literature"にもとづいている。

2　文学の衰滅――漱石の『文学論』

私が『日本近代文学の起源』を構想したのは、一九七五年イェール大学で明治の文学について教えていたときであった。通常の明治文学史は、西洋で成立した近代文学が日本でどのように受け入れられたか、あるいは受け入れられなかったかというような観点でのみ論じられていた。その場合、近代文学は自然且つ自明なものと見なされている。そして、そのことを疑った者は、西洋でも日本でもほとんどいない。アメリカ人の学生を相手に明治の文学について教えているとき、私は、夏目漱石が近代文学の自明性を疑った例外的な一人ではないか、『文学論』こそそのような仕事ではないか、と思いいたった。そのとき私は三四歳であったが、ある日、私は、夏目漱石がロンドンで文学論に取り組んでいたのが三四歳であったということに気づいた。その時に覚えた静かな昂奮を私は忘れることができない。『日本近代文学の起源』の冒頭に、漱石とその『文学論』に言及したのはそのためである。

しかし、その当時日本では、理論家としての漱石は軽視されていた。それは小説家漱石の序奏でしかないと考えられていた。いわんや、アメリカにおいて、漱石の『文学論』に注目する者などいるはずがなかった。そのような時期を思い起こすと、今日、漱石の『文学論』に関する学会がアメリカで行われているという事実には驚かされる。それはまことに喜ぶべきことであろう。しかし、残念ながら、私はそのことにあまり大きな喜びを見いだすことができない。それについてはあとで述べるが、一口でいえば、ここ三〇年の間に、文学の位置が根本的に変わってしまったのである。

私は『日本近代文学の起源』の中で、漱石の仕事は西洋だけでなく日本でも孤立していたと述べた。しかし、私はまずそれを訂正しなければならない。漱石の理論的野心は、彼がロンドンにいるとき結核で死んだ親友の俳人正岡子規と同じものであった。同時に、それは彼ら自身の創作と切り離せないものであった。いいかえれば、彼らは、俳句と俳句から生まれた散文（写生文）を理論的に根拠づけようとする意図を共有していたのである。写生文というとリアリズムと解されやすいのだが、写生文とはむしろ近代的なリアリズムへの批判なのである。写生文には筋がないという特徴のほかに、俳諧に固有のサタイア的な性質をもっている。その意味で、たとえば、漱石の『吾輩は猫である』のような文章こそ典型的に写生文なのである。事実、これは子規が始めた俳句の雑誌「ホトトギス」に発表された。

正岡子規は『俳諧大要』（明治二八年）において、俳句を理論的に根拠づけようとした。彼は、俳句が俳諧連歌の長い伝統の中から出てきたというような歴史的事実から出発するのではなく、その形式の考察から始めた。子規はつぎのようにいう。《俳句は文学の一部なり。文学は美術の一部なり。故に美の標準は文学の標準なり。文学の標準は俳句の標準なり。即ち絵画も彫刻も音楽も演劇も詩歌小説も皆同一の標準を以て論評し得べし》(「俳諧大要」第一)。

彼がいうのは、伝統的な俳句はいかに精妙で説明しにくいものであろうと、芸術(美)の一部として普遍的に考察されなければならないということである。そのとき、俳句が極度に短い詩であるということは、子規の詩学にある普遍性を与えている。たとえば、ポーは『詩の原理』で、短いということを詩の特徴として述べたが、そのことは、詩が詩である所以を内容ではなく形式に見出されねばならないということを意味するのである。同様に、最も短い俳句に焦点を当てた子規は、詩が詩である所以を言語の次元において、そして内容ではなく形式において考えねばならなかったのである。

漱石はそのことを記さなかったが、彼の中でいつも一人の死者が生きていたことを忘れてはならない。漱石がとった行動、たとえば東京帝国大学を辞して朝日新聞社に入社したという出来事は世間の耳目を集めたが、かつて子規が日本新聞社で活動していたことを考えれば、驚くには値しないだろう。漱石の『文学論』は、多くの点で、死んだ親友の意志を受け継いでそれをもっと大掛りに発展させたものであったといってよい。『文学論』において、漱石は文学とは何かを一般的に網羅的に問うているのだが、そのとき、彼は、子規とともに考えていた特定の文学——俳句と写生文——を、普遍的に基礎づけようとする意図を秘めていたのである。

漱石はエッセイで、写生文の特質の一つを、ある「精神態度」に見出している。《写生文家の人事に対する態度は貴人が賤者を視るの態度でもない。（中略）男が女を視、女が男を視るの態度でもない。つまり、大人が小人を視るの態度である。両親が児童に対するの態度である》（「写生文」）。しかし、これは俳諧に固有の特殊な態度ではない。なぜなら、これはフロイトが「ユーモア」について指摘した「精神態度」と全く同じものだからだ。フロイトによれば、ユーモアとは苦しんでいる自我（子供）に対して、超自我（親）がそんなことは何でもないよ、と慰め励ますようなものである。

漱石は、写生文が俳句から来ているとしても、それは日本に限定されるものではないといっている。《かくの如き（写生文家の）態度は全く俳句から脱化して来たものである。泰西の潮流に漂ふて、横浜へ到着した輸入品ではない。浅薄なる余の知る限りに於ては、西洋の傑作として世にうたはるるもののうちに、此態度で書かれたものは見当たらぬ》（「写生文について」）。しかし、漱石はただちに、それに付け加えてこういっている。漱石によれば、ディケンズの「ピクウィック」、フィールディングの「トム・ジョーンズ」、セルヴァンテスの「ドン・キホーテ」などに、「多少此態度を得たる作品」が見いだされる。なぜか漱石はここでは言及しなかったが、ローレンス・スターンの『トリストラム・シャンディ』や『センチメンタル・ジャーニー』に、写生文に最も近い「態度」が見出せることはいうまでもない。

漱石が早くからスターンに写生文に似た「態度」を見出したことに注目すべきである。スターンの作品は一九世紀の後半に確立された文学の規範から逸脱するものであった。それはのちにモダニズムの中で評価されるようになるが、漱石がロンドンにいた時点ではそうではない。そして、漱石が、俳句からきた写生文と、一八世紀半ばに成立したばかりの小説を早くも破壊してしまったスターンの小説に、並行性を見たことはたんなる思いつきではなかった。

この点で、バフチンがスターンに関して述べていることは注目に値する。バフチンは、ラブレーについて論じて、そこに「グロテスク・リアリズム」を見出している。その主要な特質は、格下げ、下落であって、高位のもの、精神的、理想的、抽象的なものをすべて物質的・肉体的次元へと移行させることである。そして、それを成り立たせているのは民衆の笑いである。彼の考えでは、ラブレーのようなルネサンス文学にあった「民衆的・カーニバル的世界感覚」はそれ以後衰退した。しかし、それは主観的なかたちで回復された。それがスターンの『トリストラム・シャンディ』である、とバフチンはいう。

西ヨーロッパの、市場経済の浸透によって農業共同体が解体された地域において、「グロテスク・リアリズム」を回復することは難しい。バフチンは、スターンには「ラブレー的・セルバンテス的世界感覚」が回復されてはいるが、それは「新時代の主観的言語への独特な移し換え」という形でしかなされていないという。そこでは、「笑いは縮小されて、ユーモア、アイロニー、皮肉の形式をとる」と彼はいう。その結果、一般に、スターンの文学は「個人的世界感覚の表現形式」、あるいは、過敏な自意識の表現と見なされる。にもかかわらず、バフチンは、主観化されたものであるにせよ、そこに「ラブレー的・セルバンテス世界感覚」が回復されていることを認めたのである。

しかし、そのような文学は一九世紀イギリスやフランスにおいては、文学の傍流として否定されてしまった。他方、それを復活させたのは、一九世紀前半のロシアにおけるゴーゴリである。ドストエフスキーは、彼自身の表現によればまさにゴーゴリの『外套』の下から出てきた。バフチンによれば、ドストエフスキーの小説が主観的・心理的な近代小説と根本的に異質なのは、そこに「カーニバル的な世界感覚」が保持されているからである。

ゴーゴリの作品はしばしばシュールリアリズムと同一視されたりする。しかし、シュールリアリズムはモダニズムの産物にすぎない。ゴーゴリに見出されるあるグロテスク・リアリズムは、一九世紀においても共同体が濃厚に存続していたロシアの社会的後進性から来るものである。同様のことが、漱石について、さらに、中国の魯迅、あるいは、マルケスのようなラテンアメリカの作家についてもいえるだろう。これらはいわば各国の「不均等発展」を示すものである。ただ西洋におけるモダニズムのあとに出てきた魯迅やマルケスに比べて、漱石が出会った困難は、それを自ら理論的に正当化しなければならなかったことにある。

ところで、漱石は、写生文は「俳句から脱化して来たもの」だという。これはたんに俳人の子規が始めたという事実を指すのではない。写生文の源泉には近世の俳句のみならず、さらに遡って俳諧連歌がある。つまり、写生文がもつ「世界感覚」は「俳諧的なもの」に由来するのである。そして、それはバフチンがいう「カーニバル的世界感覚」にほかならない。

連歌の歴史は以下のようなものだ。それは古代からあったが、上層貴族文化人たちによって和歌的情趣を好む有心連歌としてしだいに洗練されてしまった。しかし、他方で、連歌が発生当初から持ちつづけていた俳諧性が底流化しながらも生きつづけた。それは一五世紀末には『竹馬狂吟集』という俳諧連歌集を生み、室町時代末期には山崎宗鑑の『犬筑波集』のような作品をもたらした。封建制が解体される室町時代後期から戦国時代にかけて、連歌の俳諧性が先鋭化されたのである。バフチンによれば、中世的なもの、封建的なものが転倒されたルネサンス期に、「民衆の笑いの文化」は「自由で批判的な歴史的意識のための形式」となりえたのである。

また、バフチンは「十六世紀は笑いの歴史の頂上であり、この頂上のピークがラブレーの小説である。これ以後、すでにプレイヤッドからかなり急な下り坂が始まる。笑いが世界観的展望との本質的なつながりを失い、否定、それもドグマ的否定と結合し、私的なあるいは私的な型通りの領域に局限され、歴史的ニュアンスを失ってしまったということである」といっている。同じことが一六世紀日本の俳諧についてもいえる。

一七世紀において、連歌は徳川体制の下に型にはまったものになってしまった。それを革新しようとしたのが芭蕉である。芭蕉は俳句を独立させようとした。しかし、それは連歌のギルド的共同体を否定することによって、「俳諧的なもの」を回復しようとするものである。ところが、それもまた蕉風と呼ばれる、一つの様式と化し、ギルドと化した。明治二〇年代に子規は蕉風を否定し連句を斥けたが、興味深いことに、それはむしろ芭蕉が連歌を否定し俳句を創始したときに似ているのである。子規の前にあった蕉風とは、宗匠を仰ぐ閉鎖的な集団や「予定調和」的な精神にすぎなかった。子規がそのような集団を否定したのはいうまでもない。彼が求めたのは「俳諧的なもの」としての写生であって、「リアリズム」としての写生ではなかった。しかるに、子規の死後には、芭蕉の死後に起こったのと同じことが起こった。子規の死後、高浜虚子は宗匠（家元）システムを確立したのである。

その意味で、「俳諧的なもの」が真に生き延びたのは、子規の盟友漱石の写生文においてであった。しかも、漱石はそれを普遍化しようとした。すなわち、俳諧連歌や写生文がもつ「カーニバル的世界感覚」を、一八世紀英文学に見出したのである。漱石の『文学論』は、当時の近代文学の中でまったく傍流におかれていたものに価値を見出そうとする意図によって書かれたのである。

だが、このようにいいながら、私は一つの事実を告白しなければならない。ある物の起源が見えてくるのは、それが終るときである。三〇年前、『日本近代文学の起源』を書いたとき、私は日本近代文学の終りを感じていた。しかし、それは文学の終りではなかった。それは別の文学の可能性をはらむものであった。実際、近代文学の支配的な形態において排除されていたような形式の小説が多く書かれたのである。名をあげていえば、中上健次、津島佑子、村上龍、村上春樹、高橋源一郎などが登場したのだった。それらはポストモダンと呼ばれた。しかし、私にとっては、ある意味で、それは、漱石が根拠を与えようとしたタイプの文学の再生（ルネサンス）として見えたのである。それは文字通りルネサンス的文学を取り戻すことであった。そのような同時代の文学の動向を見ながら、私は『日本近代文学の起源』を書いたのである。

だが、一九九〇年代に、そのような文学は急激に衰え、社会的知的インパクトを失い始めた。ある意味で、中上健次の死（一九九二年）は総体としての近代文学の死を象徴するものであった。それはもはや別の可能性があるというようなものではない。たんに終りなのである。もちろん、文学は続くだろうが、それは私が関心をもつような文学ではない。実際に、私は文学と縁を切ってしまった。

しかし、岩波書店から全五巻の著作集を出す企画があったため、私は二年前から自著『日本近代文学の起源』に向き合うことを強いられた。これを書き直すのは退屈な仕事ではなかった。むしろ私は熱中したといってもよいのだが、以前にそれを書いたときに感じたような昂奮はなかった。それは何か遺書を書いているような感じだった。その際、漱石の『文学論』への序文を読み直して、私はかつて引用したにもかかわらず気づかなかった言葉に気づいた。漱石はこう書いている。

余はこゝに於て根本的に文学とは如何なるものぞと云へる問題を解釈せんと決心したり。……

余は下宿に立て籠りたり。一切の文学書を行李の底に収めたり。文学書を読んで文学の如何なるものなるかを知らんとするは血を以て血を洗ふが如き手段たるを信じたればなり。余は心理的に文学は如何なる必要あつて、此世に生れ、発達し、頽廃するかを極めんと誓へり。余は社会的に文学は如何なる必要あつて、存在し、隆興し、衰滅するかを究めんと誓へり。

今回私の目を引いたのは、「頽廃」や「衰滅」のような言葉である。そして、これは漱石の試みについての私の見解を変えてしまうものであった。もしかすると、漱石は文学の終りを念頭においていたのではないか、と私は思った。

このような漱石の言葉は、俳句や短歌が滅亡するという正岡子規の説を想起させる。思えば、新たな俳句の運動を起こした子規が、同時に俳句が必然的に滅亡することを唱えていたのは奇妙である。その際、子規は、俳句や短歌の滅亡を、短詩形であるために、音声の順列組み合わせから見て有限であると説明した。この考えはまちがっている。その順列組み合わせの数は天文学的で、人間の歴史にとっては事実上無限だからである。しかし、子規がいいたかったのはむしろ、漱石がいうように、俳句や短歌が「心理的」あるいは「社会的」な要因によって終るだろうということである。同時代あるいはそれ以後の文学者と異なって、彼らは文学の永遠を信じていなかった。私は文学と縁を切ったと述べた。しかし、漱石の序文を読み直したとき、私は少なくとも「近代文学の終り」について考える義務がある、と考え直したのである。

追記――この評論は、二〇〇五年三月一四日、ＵＣＬＡで行われた漱石の文学論に関するワークショップ（Workshop on Rethinking Soseki's *Bungakuron* as Social Theory）で発表した論文（英語）にもとづいている。

3　近代文学の終り

一

今日は「近代文学の終り」について話します。それは近代文学の後に、たとえばポストモダン文学があるということではないし、また、文学が一切なくなってしまうということでもありません。私が話したいのは、近代において文学が特殊な意味を与えられていて、だからこそ特殊な重要性、特殊な価値があったということ、そして、それがもう無くなってしまったということなのです。これは、私が声高くいってまわるような事柄ではありません。端的な事実です。文学が重要だと思っている人はすでに少ない。だから、わざわざ私がいってまわる必要などありません。むしろ文学がかつて大変大きな意味をもった時代があったという事実をいってまわる必要があるほどです。

私自身は文学に深くコミットしてきました。しかし、あなたがたにそうするようにいう気はないし、そんな必要はまったくありません。ただ、文学が永遠だと思われた時代があったのはなぜか、そして、それがなくなったことは何を意味するのか、ということは、よく考えてみる必要があります。それは、われわれがどういう時代にいるかということを考えることだからです。

近代文学というとき、私は小説のことを考えています。もちろん近代文学は近代小説に限定されるものではないけれども、小説が重要な地位を占めるということにこそ、近代文学の特質があるのです。近代以前にも「文学」はありました。それは支配階級や知識層の間で重視されていました。しかし、その中に小説は入っていなかった。ヨーロッパではアリストテレス以来「詩学」（ポエティックス）がありますが、その中に演劇はふくまれても、小説はふくまれていない。日本でも同様です。「文学」は、漢文学や古典のことを指すので、小説・稗史の類は知識人の視野に入っていなかったのです。明治二〇年代にはじめて、小説が重視されるようになりました。だから、近代文学が重視されたということは、小説が重視されたということ、また、そのような小説が書かれたということを意味します。したがって、近代文学が終わったということは、小説あるいは小説家が重要だった時代が終わったということです。その意味で、私は話を一人の小説家のことからはじめたいと思います。それはサルトルです。というと、異論があるかもしれません。サルトルは哲学者であり、劇作家、小説家、芸術一般に関する批評家、ジャーナリスト、社会活動家でした。しかし、私の考えでは、彼は根本的に小説家なのです。

この前たまたま、ドゥルーズのエッセイやインタビュー・対談を集めた本（英訳）を読んでいたら、彼はサルトルが自分にとって唯一の教師だったといっている。つまり、ドゥルーズは、「私的な教師」と「公的な教授」を分けて、ドゥルーズにとって「私的教師」

はサルトルだけだったというのです。これはまさにサルトルが「小説家」であったということを意味するのです。彼は大学で講義する哲学者ではなかった。彼の哲学は、根本的に文学、というより、小説に近いものであったのです。

ドゥルーズは、サルトルの次のような言葉を引用しています。《文学とは、一言でいえば、永久革命の中にある社会の主体性（主観性）である》。これは、革命政治が保守化しているときに、文学こそが永久革命を担っているという意味です。しかし、サルトルが「哲学」ではなく「文学」をもってきていることに注意すべきです。彼は小説だけでなくあらゆることをやった。だが、それを可能にしていたのは、小説あるいは小説家の視点です。

フランスでは、サルトルの存在があまりにも大きかったので、その後の人たちは困った。だから、自らが独立して存在するために、あえてサルトルを批判したり、嘲笑したりする人が多かった。しかし、ドゥルーズが率直に認めているように、本当は皆憧れていたのです。また、サルトルは、彼に対する批判としてなされたものをすべて先取りしていました。たとえば、デリダは「現前性の哲学」を批判しましたが、サルトルが「想像力」について書いていたのは、まさにそのことなのです。また、アンチ・ロマンにしても、もともとサルトルによって評価を与えられてきたのだし、『嘔吐』がそもそも最初のアンチ・ロマンだった。

たとえば、一九六〇年代からエクリチュールという概念が普及しました。それは、ロマンでもない、哲学でもないような著作を意味したのです。しかし、ありていにいえば、彼らはサルトルのように小説を書けないから、むしろそれを否定し、そのかわりに、サルトルが「文学」として述べたことを、エクリチュールという概念に置き換えたのだと思います。だから、エクリチュールという概念は、もう近代文学としての小説（アンチ・ロマンを含む）が終ったということを意味していたわけで、だから、何かそこから新たな文学の可能性を期待するなら、錯覚というものです。

私は自分が日本で文学批評をやってきた経験からいうのですが、近代文学は一九八〇年代に終ったという実感があります。いわゆるバブル、消費社会、ポストモダンといわれた時期です。そのころの若い人たちの多くは、小説よりも〝現代思想〟を読んだ。いいかえれば、それまでのように、文学が先端的な意味をもたなくなっていました。その意味で、サルトルのいう「文学」は、批評的なエクリチュールに移っていたといっていいと思います。しかし、これも長くは続かなかった。今、私が「近代文学の終り」というときには、それを批判するかたちであらわれたエクリチュールやディコンストラクティヴな批評や哲学もふくまれています。そのことがはっきりしたのが一九九〇年代ですね。日本ではちょうど中上健次が死んで以後です。

二

文学の地位、文学の影響力が低くなったとは、どういうことでしょうか。それについてはあとで述べます。とりあえず、この現象が日本だけではないということをいっておきたい。今フランスのことをいいましたが、アメリカ合衆国ではもっと早く近代文学は衰退していました。それはここで、テレビを中心にした大衆文化がもっとも早く発展していたからです。それは一九五〇年代です。もちろん、アメリカには多くのマイノリティがいますから、その時期から、マイノリティの文学になっていきました。一九七〇年代以後では、黒人女性作家、そして、アジア系の女性作家などが出てきます。彼らは文学的活力をもっていましたが、それはもう社会全体に影響をもつようなものではなかった。日本で、一九八〇年代に中上健次や李良枝、津島佑子などが活躍したのと同じ状況です。

アメリカでは、それがもっと早かった。その証拠に、日本では近年大学に「創作科」が増え、作家がそこで教授になっていますが、この現象はアメリカでは五〇年代から進行していました。フォークナーは作家になりたいなら売春宿を経営してみろといったことがありますが、もうそれどころではない、現実には、作家が大学の創作コースから出てくるようになっていたのです。しかし、現在のアメリカでは、文学部はまったく人気がありません。映画をいっしょにやらないとやっていけないぐらいです。日本でも、文学部は無くなりつつありますが。

しかし、私が近代文学の終りを本当に実感したのは、韓国で文学が急激にその影響力を失ったということですね。それはショックでした。一九九〇年代に、私は日韓作家会議に参加したり、韓国の文学者とつきあう機会が多かった。それで、日本ではこうなっても、韓国ではそうならないだろうという気がしていたのです。たとえば、二〇〇〇年にも、私はソウルに行き、記者会見で、日本では文学は死んだ、といったことがあります。それは、商品としては村上春樹のようにグローバルに通用する作品を生み出しているが、文学がかつて日本の社会でもっていた役割や意味は終っている、ということです。あとで聞くと、それが話題になったそうですが、他人事ではないという感じで受け取られたようです。というのも、すでに韓国でも、若い人たちが村上春樹を読むようになっていたからです。その時点で、韓国の文学はどうなると思うか、といわれて、私は、韓国では文学の役割が強くありつづけるだろう、といいました。政治運動が残るように、文学も残る。

しかし、実際はそうではなかった。確かに学生運動は衰えましたが、労働運動はきわめて盛んです。二〇〇三年秋の労働者の集会では火炎瓶がとびかっている。韓国で、学生運動が盛んであったのは、それが、労働運動が不可能な時代、一般的に、政治運動が不可能な時代の、代理的表現だったからです。だから、普通に政治運動・労働運動ができるようになれば、学生運動が衰退するに決まっている。文学もそれに似ています。実際、韓国において、文学は学生運動と同じ位置にあった。現実には不可能であるがゆえに、文学がすべてを引き受けていた。

ところが、一九九〇年代の終りごろから、文学の衰退は急激に進んでいたようです。キム・ジョンチュルという高名な文学批評家は文学をやめて、エコロジーの運動をはじめ、「緑色評論」という雑誌を出しています。実は、私は二〇〇二年の秋、その人に招待されて講演に行ったことがあります。彼は、私が文学を離れてNAMのことをやったりしていることをよく知っていたのです。しかし、誤解を避けるためにいいますが、彼は、最近も谷崎潤一郎の『細雪』を読んだ、それが四度目だ、というようなタイプの人なのです。私は、なぜ文学をやめたのかと聞きました。彼は、自分が文学をやったのは、文学は政治から個人の問題までありとあらゆるものを引き受ける、そして、現実に解決できないような矛盾さえも引き受けると思ったからだが、いつの間にか文学は狭い範囲に限定されてしまった、そういうものなら自分にとって必要ではない、だから、やめたのだ、というのです。

私は同感の意を表しました。
その後に知ったのは、私が九〇年代に知り合った韓国の文芸評論家が皆、文学から手を引いたということです。韓国の批評家はたんに評論を書くだけではなく、雑誌を編集し、出版社を経営する人たちが多かった。彼らが一斉にやめてしまったのです。それは年をとって若い世代の感受性についていけなくなったからだ、とは思いません。彼らが考えていた「文学」が終ってしまったということです。私は、韓国で、こんなに早く事態が進むとは思いませんでしたね。それで、いよいよ、文学の終りは事実なのだ、と思うようになったのです。

三

ここで、近代文学＝小説がなぜ特殊な意味を担っているのかということを考えてみたいと思います。近代以前にも文学はあり、文学に関する理論もありました。それが詩学（ポエティックス）です。しかし、先ほどいったように、そこには小説がふくまれていない。小説はすでにありましたし、大衆的には好まれていましたが、まともに扱われていないのです。

それに対して、一八世紀に「美学」という概念が登場したことは重要です。aesthetics というのは、本来、感性論という意味であって、たとえば、カントは『判断力批判』の中で、もっぱらその意味でこの言葉を使っています。要するに、それは感性あるいは感情についての学問なのです。しかし、そこに、感性に対する新たな態度があります。感性・感情はこれまで哲学において人間的能力として下位におかれてきた。むしろそこから離れて、理性的であることが望ましかった。ところが、感性・感情が知的・道徳的な能力（悟性や理性）と密かにつながっていること、そして、それらを媒介するものが想像力だという考えが出てきたのです。想像力はそれまで、幻想をもたらすということで否定的に見られてきたものですが、この時期から、むしろ創造的な能力として評価されるようになった。そのことと、文学が重視されるようになったことは、密接につながっています。

「美学」はイギリスで始まったものですが、まもなく、ドイツでロマン派によって称揚されます。興味深いのは、同じ時期に日本でもそれに似たことがあったということです。一八世紀後半、本居宣長は朱子学的な知と道徳に対して、「もののあはれ」という共感あるいは想像力の優位を強調した。そして、非道徳的にみえる『源氏物語』にこそ、むしろ本当の道徳性があるのだといいました。これはヨーロッパと無関係に出てきた考えです。しかし、実は共通性があるのです。感性や感情を肯定する態度は、商工業に従事する市民階級の優位から出てきたものだからです。

別の観点からいうと、これは、これまでたんなる感性的な娯楽のための読み物であった「小説」が、哲学や宗教とは異なるが、より認識的であり真に道徳的であるような可能性が見出されるということでもあります。小説は、「共感」の共同体、つまり想像の共同体としてのネーションの基盤になります。小説が、知識人と大衆、あるいは、さまざまな社会的階層を「共感」によって同一的たらしめ、ネーションを形成するのです。

この結果、それまで低かった小説の地位は上昇します。しかし、それに対する負荷も大きい。なぜなら、それがたんに「感性」的な快でしかないなら、美学的ではなくなるからです。文学が知的・道徳的なものを超えるということは、逆に、それがたえず、知的・道徳的でなければならない負荷を背負うということでもあるのです。かつては、宗教・道徳に対して、「詩の擁護」ということがなされました。しかし、文学に対する知的・道徳的なものは、現代でいえば、政治的あるいはマルクス主義的なものということになるでしょうね。「宗教と政治」とか「政治と文学」という議論は、文学がたんなる娯楽から昇格したために生じたものなのです。

かつて「宗教と文学」という問題意識の中で、「文学」を擁護する議論は、一見するとそれは反宗教的に見えるが、(制度化した)宗教よりも宗教的であり、道徳的なものを指し示すのだというものでした。また、文学は虚構であるが、真実といわれているものよりももっと真実を示すのだ、というものでした。同様に、「政治と文学」という議論においても、文学の擁護は大概、文学は無力で、無為であり、反政治的にも見えるが、(制度化した)革命政治より革命的なものを指し示すのだ、また、それは虚構であるが、通常の認識を越えた認識を示すのだ、というふうになされます。それが、サルトルが「文学は永久革命の中にある社会の主観性だ」といったときに意味したものです。サルトルの言葉は、カント以後に、文学(芸術)がおかれた立場を示しているのです。

しかし、今日では、そういう文学の意味づけ(擁護)はなされない。というのも、誰も文学を非難したりしないからです。社会的にはそこそこ持ち上げるが、本当は児戯に類すると思っている。現在は、まったくそのような議論がされませんが、三〇年ぐらい前までは、「政治と文学」という議論、たとえば、文学は政治から自立すべきだ、というような議論がいつもなされていました。具体的にいえば、それは政治＝共産党に対して文学者はどうするのか、という意味を含んでいた。だから、共産党の権威がなくなれば、政治と文学という問題は終ってしまう。作家は何を書いてもいいではないか。政治なんて古くさい野暮なことをいうなよ、というような感じになる。

しかし、事はそう簡単ではない。文学の地位が高くなることと、文学が道徳的課題を背負うこととは同じことだからです。その課題から解放されて自由になったら、文学はただの娯楽になるのです。それでもよければ、それでいいでしょう。どうぞ、そうしてください。それに、そもそも私は、倫理的であること、政治的であることを、無理に文学に求めるべきでないと考えています。はっきりいって、文学より大事なことがあると私は思っています。それと同時に、近代文学を作った小説という形式は、歴史的なものであって、すでにその役割を果たし尽くしたと思っているのです。

四

近代にいたるまでは、世界は多数の帝国によっておおわれていました。そこでの言語は文字言語でした。東アジアなら漢字、西ヨーロッパならラテン語、イスラム圏ならアラビア語です。それらは世界語であって、各地の普通の人たちには読み書きできないものでした。近代国家（ネーション＝ステート）は、そのような帝国から分節化するかたちで出てきたのですが、その場合に重要だったのは、こうした世界語から離れて、各民族の俗語（ヴァナキュラー）から国語を作っていくことです。

その場合、実際には、俗語を書くというよりも、むしろラテン語などの世界語を俗語に翻訳するかたちで各国語を作っていったのです。ルッターが『聖書』を俗語に訳したのですが、それが近代ドイツ語の基になった。ダンテの小説についても同じことがいえます。彼は小説『新生』をイタリアの一地方の俗語で書き、それが今や標準的なイタリア語となっています。ラテン語の名手として知られたダンテは、ラテン語で書かなかったために惜しまれたのですが、しかし、彼の書いた文がのちに規範的になっていったのは、それが実はラテン語の翻訳として書かれたからだと思います。

ダンテの意見では、恋愛のような感情はラテン語では書けない、というのです。日本で、漢文に通じていた紫式部が『源氏物語』でいっさい漢語を使わなかったということも、それと同じことです。漢文のような知的な言語では、感情の機微をとらえられないからです。しかし、紫式部の大和言葉は、けっして京都辺りの俗語ではなく、漢語の翻訳として書かれており、だから、その後に古典的な規範となりえたのです。

このように、近代国家では、どこでも、それぞれ、漢文やラテン語などの普遍的な知的言語を俗語に翻訳しながら、新しい書き言葉を作り上げた。日本の場合は、明治時代に、あらためて俗語（口語）にもとづく書き言葉を作らなければならなかった。「言文一致」と呼ばれるものですが、それはやはり小説家によって実現されたのです。さきほど「美学」に関して、想像力が感性と理性を媒介するものとして重要になったと述べましたが、言語のレベルでも同じことがいえます。言文一致とは、感性的・感情的・具体的なものと、知的で抽象的な概念とをつなぐことなのです。

このような過程は、近代のネーション＝ステートが形成されるとき、どこでも起こったということができます。たとえば、中国でも旧来の「漢文」ではなく、「言文一致」で書くようになった。日清戦争後、日本に留学した大量の若い中国人たちが、日本の言文一致から学んで、中国でもそれをはじめたといわれています。その場合にも小説が重要でした。

しかし、今日ではもうネーション＝ステートが確立しています。つまり、世界各地で、ネーションとしての同一性はすっかり根を下ろしています。そのためにはかつて文学が不可欠であったのですが、もうそのような同一性を想像的に作り出す必要はない。人々はむしろ現実的な経済的な利害から、ネーションを考えるようになっています。

現在、世界中のネーション＝ステートは、資本主義的なグローバリゼーションによって「文化的に」浸食されていますが、それに対する反撥があっても、以前のような露骨なナショナリズムは出てこない。経済的に不利なことがあれば、猛烈に反撥するでしょうが。現在、グローバリゼーションに対して強い反撥の基盤となっているのは、ナショナリズムでも文学でもなくて、イスラム教やキリスト教の原理主義のようなものです。それはむしろ文学に敵対するものです。

くりかえすと、近代文学の終りとは、近代小説の終りのことだといっていいわけです。というのも、小説が他のジャンルを制覇したということが近代文学の特徴だからです。先に私は、近代小説がそれまでもたなかった知的・道徳的課題を背負い込んだことを指摘しました。では、なぜ小説なのか。なぜ他の文学的形式ではないのでしょうか。この問題については、もっと別の観点から見なければならないでしょう。そもそも小説という表現形式は、印刷技術のようなテクノロジーと関係しています。

五

江戸の小説では挿絵がついていた。たとえば、曲亭馬琴の『八犬伝』には、葛飾北斎の挿絵がついていた。文字だけでは読める人が少なかったのです。さらに、これは声に出して読まれた。前田愛が「近代読者の誕生」という論文で指摘したことですが、明治の半ばまでは、小説は、新聞小説もそうですが、一人が声を出して読んで、他の人たちは聞いていた。だから、言文一致の文章よりも、かえって韻律的な擬古文体のほうがよかったわけです。その意味で、近代小説は絵や音声を無くしたときにはじめて成立した、といってもいいでしょう。近代小説は黙読されるものです。近代小説を読むと内面的になるのは当然です。逆に、内面的な小説を声に出して読むことは難しい。

ところが、このことに関係するのですが、明治の半ばに妙なことが起こっています。たとえば、二葉亭四迷は、『浮雲』を言文一致で書きました。しかし、彼はそれを途中で放棄したし、この作品はあとでいわれるほどには、影響を与えなかった。しかるに、彼が翻訳したツルゲーネフの「あひびき」などが、日本の近代文学に大きな影響を与えたのです。では、『浮雲』はなぜそうならなかったか。

私はそれを、二葉亭が江戸の滑稽本などの影響を受けてそこから出られなかったからだと考えていました。『日本近代文学の起源』にもそう書いた。しかし、それが事実だとしても、彼が学んだ西洋文学はどうだったのかといえば、それとてかなり滑稽本に似たものだったのです。ゴーゴリ、ドストエフスキーという系譜です。彼らはツルゲーネフのような近代リアリズムの作家ではない。たとえば、ドストエフスキーの小説などは、本人が口述筆記でやっているぐらいだし、読むよりもむしろ聴くべきものです。

二葉亭はロシア人の先生の朗読を聴いて、ドストエフスキーの小説に感動した。あとで文章を読むと、あまり面白くなかったといっています。そのような観点からみて明らかなのは、『浮雲』はむしろゴーゴリ、ドストエフスキーの系譜につながるものであり、近代文学のリアリズムとはちがっていたということです。それはいわば「ルネサンス的」な小説でした。漱石についても同じようなことがいえると思います。漱石が好んだローレンス・スターンも「ルネサンス的」な小説家です。それをリアリズム以前と見るか、それを超えるものとして見るかで、意味が違ってきます。しかし、当時は、イギリスでも日本でも「近代以前」と見なされた。

たとえば、漱石は『吾輩は猫である』を、最初、朗読で発表したのです。その意味では、『坊っちゃん』や『草枕』だって、朗読を聴いたほうが面白いはずですよ。二葉亭の『浮雲』も読むよりむしろ聴いて面白い作品です。だからこそ、近代文学の主流からはずれた。近代文学は、やはり黙読によって成り立ち、リアリズム的且つロマン主義的なものです。ドゥルーズがいったことですが、カフカが『審判』を朗読したとき、みんなが笑い転げたという逸話は、その意味で、重要なのです。

六

近代小説はいわば音声や挿絵なしに独立したわけですが、それは書き手にも読者にも大きな想像力を要求するものでした。しかし、視聴覚的なメディアが出てくると、そのような必要はなくなります。たとえば、映画が出現するまで、小説家は、いわば映画のように小説を書こうとして、さまざまな工夫をこらしたのです。しかし、いったん映画という技術が出現すると、そのような工夫は意味をなくします。

ある意味で、それは、写真が出てきたときに絵画に起こったことと似ています。一九世紀半ばにフランスで写真が出現したときに、それまで肖像画で食っていた画家がやっていけなくなった。それまでの絵画は、実は写真と同じ原理（カメラ・オブスキュラ）によっていたのです。幾何学的遠近法はそれにもとづいていた。しかし、写真ができたら、もうその意味がない。そこで、印象派の画家は写真ではできないことをやろうとした。そこから現代絵画が始まるといってもいい。そのとき、彼らは日本の浮世絵に出会ったのです。ところが、皮肉なことに、それからまもなく、明治の日本人は、印象派以前の西洋の絵画を規範として受け入れたのです。

小説についても同様のことがいえます。近代小説の特質は何といっても、リアリズムにあるのです。つまり、物語（虚構）であるのに、それがリアルであるかのように見えさせるにはどうすればよいか、それが近代小説の取り組んだ問題です。パノフスキーは、絵画のリアリズムをもたらすものを、対象とそれをとらえる形式の二つの観点から見ています。対象面でいえば、それは宗教的歴史的な主題から、平凡な人間や風景を主題にするようになります。形式（象徴形式）でいえば、それは幾何学的遠近法の採用です。これは、固定した一点から透視する図法によって、二次元の空間に奥行のある形を与える工夫です。実は、小説のリアリズムについても、同じことがいえるのです。

対象面についてはいうまでもないでしょう。簡単にいえば、ありふれた風景と人間が主題となる。しかし、これが大きな転倒をはらんでいるということは、私がかつて国木田独歩の「忘れえぬ人々」を例にとって示したことです。「忘れえぬ」ものとは、どうでもいい風景なのです。他方で、形式面でいえば、リアリズムをもたらすのは、「三人称客観描写」という形態です。これは、語り手がいるのに、まるでそれがいないかのように見せる技術です。語り手がいると、固定した一点がなく、現前性というか「奥行」のようなものがなくなるのです。しかし、先ほど二葉亭四迷についてのべたように、西洋文学が三人称客観のリアリズムを疑い始めたときに、日本では、それを獲得しようと苦心していたのです。その辺でも、絵画の問題との並行性があります。

日本の作家が「私小説」にこだわったのは、三人称客観描写という「象徴形式」になじめなかったからでしょう。かなり多くの私小説で、三人称が使われていますが、それは主人公の視点と同じものです。主人公に見えないものは、見えないようになっている。それに対して、「三人称客観」というのは、幾何学的遠近法と同様に、虚構としてあるわけです。だから、私小説家には、三人称客観小説は通俗小説に見える。三人称＝幾何学的遠近法は虚偽ではないかといえば、その通りなのです。

当時も今も、私小説は近代小説から逸脱して遅れた歪んだものだという批判があります。しかし、私小説にはそれなりの根拠があるのです。私小説は「リアリズム」を徹底しようとしたのだと思います。そうすると、三人称客観という虚構が許せない。芥川は逆に、私小説に、後期印象派に対応する先駆性を認めて評価しました。また、芥川は「藪の中」(それを映画化した黒澤の「羅生門」が国際的に有名ですが)で、「三人称客観」が虚構でしかないことを、三つのパースペクティヴを使って、巧妙に示しました。もっとあとに、フランスで、サルトルが最初に三人称客観の視点を疑い、それからアンチ・ロマンになった。以来、「三人称客観」は放棄されたと思います。実際のところ、今の作家、大江健三郎でも村上春樹でも、一人称の語りでしょう。中上健次は一人称で書かなかったけれども、けっして「彼は」とか「彼女は」なんて書かなかった。そのかわり、人物の名前を連呼していましたね。しかし、「三人称客観」が与えるリアリズムの価値をとってしまうと、近代小説がもった画期的な意義もなくなってしまうのです。ただの物語に戻ってしまう。

写真が出現したとき、絵画は写真ができないこと、絵画にしかできないことをやろうとした。それと同様のことを、近代小説は映画が出てきたときにやったと思います。その点で、二〇世紀のモダニズム小説は、映画に対してなされた小説の小説性の実現という意味があると思います。小説にしかできないことをやる。ジェームス・ジョイスなどがその代表ですね。フランスのアンチ・ロマンもそうです。映画を非常に意識していた。のみならず、彼らは映画に深く関係しています。デュラスなどは十作ぐらい映画を監督していますし、アラン・レネの「ヒロシマ・モナムール（邦題「二十四時間の情事」）」のシナリオを書いている。

余談ですが、デュラスはバカロレア（大学入学資格共通試験）をベトナム語で受けたというような人で、フランス語は彼女にとって外国語だった。ほかのアンチ・ロマンの人たちからはたんに知的な洗練しか感じられないのに、彼女は何か中上健次みたいな感じのする「小説家」でしたね。中上が死んで三年後に亡くなりました。

しかし、小説の相手は映画だけではない。映画そのものを追い詰めるものが出てきた。それがテレビであり、ビデオであり、さらに、コンピュータによる映像や音声のデジタル化です。こういう時代に、活版印刷の画期性によって与えられた活字文化あるいは小説の優位がなくなるのは、当然、といえば当然です。たとえば、日本の場合、マンガが広がったことは、徳川時代の小説への回帰であるといえます。江戸の小説は、絵入りで、ほとんど会話だけで成り立っている。

先ほど述べたように、近代小説が近代のネーション形成の基盤であったことは否定できない事実です。ところが、二〇世紀後半になると、文学がナショナリズムの基盤になったという例は、むしろすくないのです。そして、今後に、ますますそのようなことは起こらないと思います。現在では、発展途上国で小説が書かれたり、それを読む読者が増えるなどということを期待することはできない。かりに読者がいても、彼らは『ハリー・ポッター』を読むでしょう。

たとえば、アイスランド人についてこういう話を聞きました。彼らは島国のためか、純粋のアイスランド人であることを誇りに思っていた。事実、言語なども「アイスランド・サガ」以来変わっていない、踊りも歌も若者の娯楽にも民族的なものが非常に強かった。だから、アメリカ人の或るジャーナリストは、この状態は永続するだろうと思っていた。ところが、スウェーデンの会社がアイスランドにケーブルテレビを入れたら、一夜にして、全員がアメリカ化してしまったみたいだった、というのです。

このような事態は、それによってナショナリズムが消滅するということではありません。たんに、文学がナショナリズムの基盤となることはもう難しいだろう、ということです。政治的な目的があるなら、小説を書くより、映画を作ったほうが早いでしょう。あるいは、マンガのほうがいい。要するに、活字文化ではなく、視聴覚でやったほうがいい。そのほうが大衆にとって近づきやすいからです。だから、どこでも、近代文学あるいは小説という過程が不可欠・不可避であるとはいえません。もちろんそれを「飛び越え」てしまうことには、大いに問題があるのですが。飛び越えたツケは、いずれどこかで支払うことになるだろうと思います。

七

インド人の作家で、アルンダティ・ロイという人がいます。彼女は、一九九七年イギリスのブッカー賞を受賞したのですが、それがベストセラーとなって、とても有名になった。しかし、彼女は、第一作目の小説で受賞した後、小説を書かず、インドでダム建設反対運動、反戦運動などに奔走しています。発表する著作もその種のエッセイばかりとなった。欧米で人気が出たインド人作家は、アメリカかイギリスに移住して華々しい文壇生活を送るのが普通です。なぜ小説を書かないのかと聞かれると、ロイは、自分は小説家だから小説を書くということはしない、書くべきことがあるときにしか書かないとか、このような危機的時代にのんきに小説など書くことはできないというふうに答えています。

ロイの言動は、文学が果たしていた社会的役割が終ったということを示唆するものではないだろうか。文学によって社会を動かすことができるように見えた時代が終ったとすれば、もはや本当の意味で小説を書くことも小説家であることもできない、だとすれば小説家とは単なる職業的肩書きにすぎないことになります。ロイは、文学を捨てて社会運動を選んだのではなく、むしろ「文学」を正統的に受け継いだということができるのです。

ついでにいうと、近年、ブッカー賞というのは、ラシュディーやイシグロを含めて、ほとんどマイノリティあるいは外国人がもらっています。それは先にアメリカと日本に関して述べたのと同じ現象です。これはもう先が見えています。日本にくらべて、はるかに多民族的、多文化的だから、もうすこし続くとは思いますが、「文学」が倫理的・知的な課題を背負うがゆえに影響力をもつというような時代は基本的に終っています。その残影があるだけです。

いや、今も文学はある、という人がいます。しかし、そういうことをいうのが、孤立を覚悟してやっている少数の作家ならいいんですよ。実際、私はそのような人たちを励ますためにいろいろ書いてきたし、今後もそうするかもしれません。しかし、今、文学は健在であるというような人たちは、そういう人たちではない。その逆に、その存在が文学の死の歴然たる証明でしかないような連中がそのようにいうのです。日本では、まだ文芸雑誌があり、毎月新聞に大きな広告を載せている。実際には、まったく売れていません。惨めなほどの部数です。そして、小説が売れるときは、「文学」とは無縁の話題によってなのですが、何だかんだで、文学はまだ繁栄しているなどという虚偽の現実を作り上げているのです。

私は、作家に「文学」をとりもどせといったりしません。また、作家が娯楽作品を書くことを非難しません。近代小説が終ったら、日本の歴史的文脈でいえば、「読本」や「人情本」になるのが当然です。それでよいではないか。せいぜいうまく書いて、世界的商品を作りなさい。マンガがそうであるように。実際、それができるような作家はミステリー系などにけっこういますよ。一方、純文学と称して、日本でしか読むにたえないような通俗的作品を書いている作家が、偉そうなことをいうべきではない。

八

以上、近代文学の終りについて簡単に話しました。しかし、この問題は、文学とか小説だけを考えていると、よくわからないし、意味もありません。そもそも「近代」という概念にしても、はなはだ不明瞭な概念です。それなのに、近代批判とか、ポストモダンとかいっても、なおさら不明瞭になるだけです。私の考えでは、こうした問題は世界資本主義の展開において考えるべきだと思います。それを、簡単な時代区分で示したいと思います

（六二―六三頁、図参照）。

この図は、一見すると、生産力の発展とともに生じた変化を示しています。そのことは、たとえば、世界商品や主要芸術（メディア）の項目を見れば、明らかです。それはテクノロジーの発展を明瞭に示しています。しかし、一方で、この図には、循環的（反復的）な変化もまた示されているのです。世界資本主義の項目を見ると、それが明らかになります。

たとえば、この図で、世界資本主義の諸段階が重商主義、自由主義あるいは帝国主義であるという場合、それは世界中がそうなっていたことを意味するのではありません。たとえば、自由主義とは、当時圧倒的な優位にあったイギリスという国家がとった経済政策であって、他の国は自由主義的であるどころか、保護主義によってイギリスに対抗したのです。早い話が、日本はこの時期江戸時代にあったわけです。また、帝国主義とは、数少ないヨーロッパ列強がとった政策――明治日本も急速に発展してそこに参入したのですが――であって、大多数の国はそれによって支配され植民地化されたのです。

にもかかわらず、たとえば一八一〇年―一八七〇年という時期を「自由主義」段階と呼ぶことができるのは、他の諸国家がいかなる政策をとろうと、その中でイギリス経済がヘゲモニーをもった世界資本主義の下に共時的に属しているとみなすことができるからです。世界資本主義の下では、さまざまな段階の諸国家が国際分業を形成しつつ共存しています。

1870〜1930	1930〜1990	1990〜
帝国主義	後期資本主義	新自由主義
(帝国主義的)	アメリカ (自由主義的)	(帝国主義的)
金融資本	国家独占資本	多国籍資本
重工業	耐久消費財	情報
社会主義／ファシズム	福祉国家	地域主義
	消費社会	
	他人指向	
映画	テレビ	マルチメディア

各国経済がおかれるこの世界的な共時的構造が重要なのです。

一方、重商主義（一七五〇年－一八一〇年）や帝国主義（一八七〇年－一九三〇年）の段階は、それまでの経済的なヘゲモニーをもった国が衰退し、それにとってかわるべき新興国家との間に抗争がつづく段階といっていいと思います。帝国主義的な段階と、自由主義的な段階は、おおよそ六〇年の周期で交替しているのです。

その意味で、一九三〇年－一九九〇年の段階は普通、後期資本主義と呼ばれ、また冷戦時代とも呼ばれますが、別の観点から見れば、アメリカのヘゲモニーにもとづく「自由主義」の段階であったと思います。そこでは、先進資本主義諸国は、ソ連圏を共通の敵とすることで協力しあい、また、国内において労働者の保護や社会福祉の政策をとったわけです。

世界資本主義の諸段階

	1750〜1810	1810〜1870
世界資本主義	重商主義	自由主義
ヘゲモニー国家	(帝国主義的)	イギリス (自由主義的)
資本	商人資本	産業資本
世界商品	毛織物	繊維工業
国家	絶対主義	ネーション =ステート
エートス	消費的	禁欲的
社会心理	伝統指向	内部指向
主要芸術	物語	小説

外見上は敵対的であり危機的にみえますが、国際的にはソ連圏、国内的には社会主義政党は、世界資本主義を脅かすどころかそれを安定化するものとして機能したのです。むしろ、一九九〇年代以後のほうが、アメリカが経済的に衰退し、本当のヘゲモニー国家が存在しなくなったという意味で、「新帝国主義」段階と見なすべきです。

こうして、一方で、資本主義の発展に伴う変化とともに、他方で、反復的な循環があります。その点は「資本」の項目を見ると明らかです。流通における差額から利潤を得る商人資本主義は、生産から利潤を得る産業資本主義にとってかわられたはずですが、そのあと優位に立つ金融資本あるいは投機的な資本は、ある意味で、商人資本主義的なものの回帰であるということができます。ウェーバーは、産業資本主義をもたらしたのは、商人資本主義にあるような消費への欲望ではなく、むしろそれを抑制する禁欲的な態度だということを強調しました。しかし、大量生産・大量消費にもとづく後期資本主義あるいは「消費社会」においては、そのような態度はむしろ否定されます。「エートス」という項目において示されるのは、そのような変化です。それについては、あとで言及します。

九

まず、「社会心理」というレベルで考えてみます。先ほど、私は一九五〇年代のアメリカ合衆国について少し述べましたが、このころアメリカでおこったことは、のちにポストモダニズムとして語られる事柄をほとんどすべて萌芽的にはらんでいます。したがって、当時それに取り組んだ北米の社会学者や批評家の仕事は予見的でした。たとえば、ブアスティンは、出来事が擬似出来事 pseudo-event にとってかわられたことを指摘しました。これはのちにボードリヤールがシミュラクルと呼んだものです。さらに、カナダの文芸批評家マクルーハンは、テレビという新たなメディアが画期的な変化をもたらすことを予見的に考察しました。

ここでとりあげたいのは、リースマンの『孤独な群衆』です。リースマンは、そうした変化が「主体」の問題としてあらわれることに注目しました。彼は社会を伝統指向型、内部指向型、他人指向型に分類し、アメリカ社会が近代の内部指向型から他人指向型に移行したというのです。内部指向型は自律的な「自己」をもち、容易に伝統や他人に動かされない。それは階層的にいえば、中西部の独立自営農民に代表される。ところが、彼らが急速に他人指向型になった、とリースマンはいうわけです。

他人指向型は伝統指向型と違って、一定の客観的な規範をもたない。他人指向とは、ヘーゲルがいったように、他人の欲望つまり、他人に承認されたいという欲望によって動くことです。彼らが指向する「他人」とは、それぞれが互いに他を気にして作り上げる想像物です。擬似出来事や新しいメディアにおいてあらわれたのは、このように、伝統的規範から離れて主体的であるようにみえて、実は、まったく主体性をもたず浮動する人々（大衆）なのです。

これは別にアメリカに固有の現象ではない。産業資本主義が第一次・第二次産業から第三次産業へ、別のいい方でいえば、物の製造から情報の生産へシフトしはじめた時期にどこでも生じる現象です。しかし、アメリカ合衆国においてそれがいちはやく顕著に生じたのは、ここではもともと伝統指向型が存在しないだけでなく、実は、内部指向型も希薄だったからです。リースマンが典型的とみなす中西部の農民は本来伝統指向を拒否した移民からなっていますが、彼らが形成する共同体は、伝統的規範をもたないため、逆に、極度に他人指向的になるのです。

内部指向は、伝統指向が強いところで、それに対抗して出てくる内的自律性です。しかし、伝統指向のないアメリカでは、それぞれが勝手に自分の原理でやるかというと、そうではない。互いに他人がどうするか、を見て、それを基準にするようになる。それが伝統指向のかわりをするわけです。かつてアメリカではソ連のように国家的強制はないが、別の強いコンフォーミズムがあるといわれたのは、そのためです。だから、アメリカでは、大衆社会、消費社会が最も早く、抵抗もなく実現されたといってよいと思います。

ところで、ヘーゲルは欲求と欲望を区別しました。欲望とは、他人の欲望、つまり、他人に承認されたい欲望である、というわけですね。そのような欲望とそれをめぐる相互の闘争が世界史を作ると、彼は考えた。しかし、それが実現されたらどうなるのか。歴史は終る。そこで、ヘーゲル主義者、アレクサンドル・コジェーヴは、歴史の終ったあとの人間について考えた。彼は「歴史の終焉」を将来のコミュニズムに見ていたのです。ただ、それは将来において実現されるだけでなく、今ここにも見られると述べ、その例として「アメリカ的生活様式」をあげた。それは一九五〇年代アメリカにおいていち早く出現した、大量生産・大量消費による大衆消費社会のあり方です。

コジェーヴによると、それはもはや闘争がなく階級がない社会であり、したがって「世界や自己を理解する」という思弁的必要性のない「動物的」な社会である。しかし、彼がいう「アメリカ的生活様式」とは、リースマンの言葉でいえば、伝統指向でも内部指向でもない、他人指向型の世界なのです。つまり、コジェーヴが「動物的」と呼んでいるものは、動物のあり方とは逆です。それはむしろ、他人の欲望しかないような人間のあり方を指すのです。

コジェーヴは、世界は将来的に「アメリカ化」するだろうと考えた。ところが、彼は、一九五九年に日本を訪問した後で、「根本的な意見の変更」をしたというわけですね。彼はそこに、関ヶ原以後の戦争のない、ポストヒストリカルな世界を見た。たとえば、日本人は、「人間的」な内容がないのに、純粋なスノビズムによって、まったく「無償の」自殺（ハラキリ）を行うことができる。そして、コジェーヴはこう結論します。《最近開始された日本と西洋世界との相互交流が最終的に行き着く先は、（ロシア人をも含む）西洋人の「日本化」である》（『ヘーゲル読解入門』第二版脚注、上妻精・今野雅方訳）。

しかし、コジェーヴが「アメリカ」とか「日本」といっているのは、もともと実際の対象というよりも、ヘーゲルがそうしたように哲学的に反省された形態です。その意味で、日本的スノビズムとは、歴史的理念も知的・道徳的な内容もなしに、空虚な形式的ゲームに命をかけるような生活様式を意味します。それは、伝統指向でも内部指向でもなく、他人指向の極端な形態なのです。そこには、他者に承認されたいという欲望しかありません。たとえば、他人がどう思うかということしか考えていないにもかかわらず、他人のことをすこしも考えたことがない、強い自意識があるのに、まるで内面性がない、そういうタイプの人が多い。最近の若手批評家などは、そういう人ばかりです。

コジェーヴは歴史の終りを、江戸時代の「日本的生活様式」に見出したのですが、それは予見的でした。というのは、彼がそういってから二〇年後に、ポストモダンと呼ばれた日本の経済的繁栄（バブル経済）において顕在化したのは、江戸時代の三〇〇年の平和の中で独特に洗練されてきた独特のスノビズムの再現だったからです。

もともと日本には内部指向型などない。それは、明治以来の日本の近代文学や思想の中に出てきたものです。彼らは自律的な「主体」を確立することに努めてきたといってよいでしょう。ところが、一九八〇年代に顕著になってきたのは、逆にそのような「主体」や「意味」を嘲笑し、形式的な言語的戯れに耽けることです。近代小説にかわって、マンガやアニメ、コンピュータ・ゲーム、デザイン、あるいはそれと連動するような文学や美術が支配的となりました。それはアメリカで始まった大衆文化をいっそう空虚に、しかしいっそう美的に洗練することでした。

日本のバブル的経済はまもなく壊れましたが、むしろそれ以後にこのような大衆文化がグローバルに普及しはじめた。その意味で、世界はまさに「日本化」しはじめたように見えます。しかし、それは、グローバルな資本主義経済が、旧来の伝統指向と内部指向を根こそぎ一掃し、グローバルに「他人指向」をもたらしていることを意味するにすぎません。近代と近代文学は、このようにして終ったのです。

一〇

先ほど述べたように、ウェーバーは産業資本主義を推進させたものは、利益や欲望でなく、「世俗内的禁欲」にあることを強調しました。近代（産業）資本主義をもたらす、勤勉な労働倫理を用意した、と彼は考えた。そして、それをもたらしたのは、プロテスタンティズム（キリスト教）であるといったのです。しかし、それなら日本の場合はどうなのか。プロテスタンティズムでなければならないということはない。「世俗内的な禁欲」というのは、欲望の実現の遅延ということです。要するに、それが大事なことなのです。

もちろん、明治日本においても、キリスト教（プロテスタント）の影響はすくなくありません。実際、北村透谷、国木田独歩をはじめ、多くの作家がキリスト教を経由しています。しかし、その前に、日本人全般を動かし、勤勉で禁欲的な生活をもたらしたものがあります。そこから考えないといけない。それは立身出世主義です。これは学制改革と徴兵制という明治初期の政策の根底にある理念です。そもそもいわゆる五ヵ条の誓文にも、それがうたわれていた。そして、それに呼応するように、福沢諭吉の『学問のすゝめ』やS・スマイルズ（中村正直訳）の『西国立志編』が出版され、ベストセラーになりました。

立身出世主義は、近代日本人の精神的な原動力ですね。封建時代の身分制を否定する思想は、さまざまにあります。しかし、人間は平等だといっても口先だけのことです。現実的な平等からは程遠い、明治で何が変わったかというと、明治以後の日本では、学歴によって新たな階位を決めるシステムになったということです。徳川時代でも身分を越えるモビリティは案外あったのですが、明治以降それが全面化したということです。だから、日本人の多くが、子も親も、立身出世のために必死になって、勤勉に働くということになった。これが受験競争として近年までずっと続いてきました。このことを無視すると日本の近代を理解することはできません。

といっても、立身出世主義がただちに近代文学になるというわけではない。近代文学は逆に立身出世がうまくいかない、空しい、というところに出てきます。それが大体、明治二〇年ぐらいに出てきます。森鷗外の『舞姫』や二葉亭の『浮雲』なども、そのような人物を扱っています。

明治日本における近代的な自己あるいは内面性は、自由民権運動の挫折から出てきたといわれます。北村透谷がその代表です。しかし、自由民権運動にはさまざまな広がりがあるのです。そして、そこにはすでに立身出世主義との葛藤があります。たとえば、学校制度の中央集権化に対抗して退学した鈴木大拙や西田幾多郎のような人がいます。そのあと、彼らは宗教に没頭した。二葉亭四迷も、広い意味で自由民権運動の流れの下で、出世コースとしての学校をやめてしまった。『浮雲』にはそういう背景があります。それに対して、漱石は一見してエリートコースを歩みつつ、いつもそれを否定したい、破壊したい、という衝動に駆られていた。漱石が文学に参入してくるのはだいぶん後ですが、彼も透谷や二葉亭、西田幾多郎などと同世代の人間です。だから、私は、『こころ』に描かれたKや先生という人物に、明治一〇年代の透谷や西田幾多郎の姿を重ねてしまうのです。

一方、明治日本に近代的な内面性をもたらしたのは、そして、恋愛や文学をもたらしたのは、キリスト教です。しかし、たんに影響というだけでは、なぜこの時期キリスト教なのかということがわからない。この点については『日本近代文学の起源』にも書きましたが、キリスト教に行った人も、旧幕臣系が多い。彼らは出世がおぼつかない、また、それまで忠誠の対象であった「主」がない、そういう状態から、キリスト(主)に向かった、ということです。とすると、やはり、これは立身出世主義という時代背景なしには理解できない。彼らの内面性が、立身出世という強制力のもとに出てきたことは明らかです。彼らは立身出世を強いる社会に対して自立しようとした。そのとき、キリスト教（プロテスタンティズム）に出会った。

私は、明治以後の日本人に勤勉や禁欲というエートスをもたらしたのは、立身出世主義だと思います。リースマンの言葉でいえば、立身出世は伝統指向ではない。それは、親のあとを継げ、という身分制を否定するものです。しかし、それは内部指向でなく、他人指向型ですね。他人の承認をかちえたいという欲望に駆られているからです。近代的な自己というのは、伝統や他人を超えて自律的な何かを求めることです。現実にはそれは難しい。だから、それをキリスト教に、というより、窮極的に「文学」に見出したのです。

しかし、現在ではどうでしょうか。たとえば、学歴主義というか、東京大学を頂点としてどの大学に入るかによって「身分」が決まるというような体制がずっとあった。どんなに否定してもあった。ところが、それは、一九九〇年代以後のグローバリゼーションの下で、急速に解体されているように見えます。学生のほうもそうですね。長い受験競争を経てやっといい会社に入ったというのに、あっさりやめてしまう人が多い。そして、「フリーター」になる。彼らは小説を書くかもしれない。しかし、そこには、立身出世コースから脱落した、あるいは排除されたことから生まれるような、近代文学の内面性、ルサンチマンなどはありません。そして、実は、私は、それは悪くない傾向だと思います。さらにいえば、そういう人たちは文学などやらなくても結構です。もっと違う生き方を現実に作り出してもらいたい。

二

世俗内的禁欲ということが端的にあらわれるのは、労働ではなく、やはり性愛です。江戸時代でも、商人は禁欲的でした。しかし、長年かかって金を蓄えると、何をするか。女道楽しかない。尾崎紅葉がそういうことを小説に書いています。その紅葉の『伽羅枕』という作品を痛烈に批判したのが、北村透谷です。彼は紅葉の描くような世界を「粋」と呼んで批判しました。それは封建社会の遊郭に生まれた、平民的なニヒリズムである、と。彼はそれに対して恋愛をもってきた。「厭世詩家と女性」では、「想世界と実世界との争戦より想世界の敗将をして立てこもらしめる牙城となるは、即ち恋愛なり」というふうに、あるいは「恋愛はひとたび我を犠牲にすると同時に我れなる『己れ』を写し出す明鏡なり」というふうに、恋愛は、画期的な意義をもつものとして考えられた。

透谷はプラトニックな恋愛を説きましたが、島崎藤村や田山花袋のように最初からそのように考えていた後輩たちと違って、若年にして、すでに紅葉が書いたような遊蕩的な世界を経験していました。何しろ、小学生のころから自由民権運動に参加していたわけですから。そして、彼は恋愛がもつ困難についてもリアルな認識をもっていました。たとえば、こういうことをいっている。《怪しきかな、恋愛の厭世詩家を眩せしめるの容易なるが如くに、婚姻は厭世家を失望せしむる事甚だ容易なり。——始めに過重なる希望を以つて入りたる婚姻は、後に比較的の失望を招かしめ、惨として夫婦相対するが如き事起るなり》。実際、透谷自身が石坂ミナと離婚しているのです。そして、二五歳で自殺した。

ところで、透谷に批判された紅葉はどうなったでしょうか。紅葉は、井原西鶴の全集を編集したぐらいに、西鶴に傾倒し、その真似をしたのです。私は、西鶴には、透谷が徳川時代の平民的虚無思想といった批判は妥当しないと思います。むしろ、元禄時代の大阪にいた西鶴や近松は、武士を圧倒する商人階級の上昇的な力をとらえていた。透谷がいう「粋」は、文化文政以後の江戸にこそあてはまるのです（のちに、九鬼周造が、そのような遊郭に発生した平民的虚無思想を「いきの構造」として意味づけ、ハイデガーが妙にそれに感心したということを付け加えておきます）。

ところが、江戸文学の続きである紅葉は西鶴の全集まで編集しながら、西鶴がわからなかった。というより、彼は自分の生きている時代がよくわかっていなかったと思います。紅葉が西鶴から得たのは、あらゆるものが商品経済によって支配されているという認識でした。しかし、こういう認識は、一八世紀初め、武士が支配する封建社会においていわれたときと、明治二〇年代にいわれるときとでは、意味が違うのです。明治二〇年代には、かつて西鶴が見出した商人資本主義は、産業資本主義にとってかわられていました。商人資本主義の時代に強かったものは、この時期には、たんに商業資本（商店）となるか、あるいは高利貸しとなる。ところが、産業資本主義の時期には、銀行があるのです。これは古来ある金貸しとは異質なものなのです。

紅葉本人は、恋愛に関して、その後に大分意見を変えたと思っていました。しかし、根本的には変わっていない。そのことは彼の最晩年の仕事である、『金色夜叉』を見れば明らかです。これは明治三六年に書かれています。日露戦争のすぐ前です。つまり、日本の経済が重工業に向かい、政治的に帝国主義的な段階に進んでいたときです。ところが、紅葉がここに書いたのは、女（お宮）が自分をすてて富（富山）に奔ったと思って、高利貸しになって復讐しようとした人物（貫一）なのです。この設定自体がアナクロニズムだと思います。同時代の現実から程遠いというほかない。その点でいえば、透谷のいう恋愛は、けっしてそのつもりで説かれたのではないけれども、実は、産業資本主義に不可欠なエートスに合致したのです。すなわち、世俗内的禁欲です。すぐに欲求を満たすのではなく、遅延させる。あるいは、欲求を満たす権利を蓄積する。それが産業資本主義の「精神」なのです。

しかし、今思うと、明治三六年、あるいはそれ以後に、『金色夜叉』が記録的なベストセラーになったのは、当時の人々の考え方がまだ徳川時代とさほど変わっていなかったからでないでしょうか。たとえば、熱海の海岸で、大学生の貫一が自分を裏切ったお宮を下駄で蹴飛ばす場面がある。今でもお宮の松と呼ばれる松の木があるはずです。昔は観光名所になっていた。貫一は来年、再来年、何十年後の「今月今夜のこの月を、僕の涙で曇らしてみせる」とか、いうんですね。そのとき、貫一は、「夫婦も同然だったのに」といって、お宮が裏切ったことをなじるのですが、昔私は、それはちょっと大げさじゃないか、と思っていました。しかし、原作をよく読んでみると、彼らは五年ぐらい事実上同棲していたんですよ。親もまた承知していた。ところが、富山はそのことを知っているにもかかわらず、強引に求婚してきた。そして、お宮も「自分はもっと高く売れる」と判断した。小説には、ちゃんとそう書いてあるのです。

今の読者は、それを読んだら驚くでしょう。当時の読者は驚かなかった。それどころか、大変な人気だったのです。ところが昭和以降になって、新派の演劇になると、『金色夜叉』

は大分原作から離れます。私は『金色夜叉』を知ったのは、中学に入る直前でしたが、山本富士子が主演した映画を見たからですね。あるいは、或る程度知っていたから映画を見たのかもしれません。あるいは、当時珍しい天然色映画ということが話題だったからかもしれません。とにかく、その映画では、お宮は可憐な処女で、身近にいた貫一と純愛の関係にあったところに、突然やってきた富山に求婚され、貫一の将来のことを考えて、泣く泣くそれを承諾した、ということになっていたのです。

しかし、紅葉が明治三〇年代に書いていたときは、そうではなかった。そもそも処女性とかプラトニックな恋愛がいわれるようになったのは、明治二〇年代からで、それを積極的に唱導した一人が透谷です。しかし、大衆のレベルではそうではなかった。農村部ではいうまでもないことです。夜這いというような慣習は、戦後にまでかなり残っていました。都市においても同様です。処女性など問題にされていなかった。ただ、都市部が農村部と異なるのは、セックスを金銭的にみる見方があった、つまり、自分を商品として見る意識があったということです。露骨にいえば、「ただでやらせるのはもったいない」ということです。当然ですが、彼らは遊郭で働くこともさほど気にしていなかった。武士の家庭は例外です。そこでは儒教道徳が浸透していたから。明治以後は、そのような道徳が、近代的な道徳意識と混じって、全階層に徐々に浸透していった。

しかし、『金色夜叉』を読むと、明治三〇年代になっても大衆レベルでは、さほど変わっていないことがわかります。お宮は明治の女学校を出たことになっていますが、その内実において、芸者とさほど違わない。明治半ばまで、政治家も学者も芸者と結婚した人がすくなくない。早い話が、鹿鳴館のパーティなどは、もと芸者が仕切っていたわけです。普通の女は、社交的に振舞えない。それでは困るということで、女学校ができたのです。だから、お宮が女学校を出たといっても、紅葉にとっては、芸者と同じようなものであった。お宮は、自分の美貌なら、貫一程度ではもったいない、もっと値打ちがあるのではないかと思うわけです。ただし、これを見て、日本が遅れていた、あるいは非西洋的である、というふうにいうことはできない。たとえば、フランスの宮廷を舞台にした心理小説で活躍する公爵夫人とか伯爵夫人とかは、高級娼婦上がりがすくなくない。別にそれで非難されなかった。プロテスタント的文化のところでは、このようなものは、表向きは厳しく否定される。透谷などはピューリタンのクェーカー教徒ですから、遊郭から出てきた文化なんて、とんでもない。しかし、それが非西洋的であるとはいえないのです。たとえば、九鬼は「いき」を、フランスの「シックchic」と対応させています。ハイデガーのようなドイツ人に、「いき」の意味がわかったとはとても思えないのですが。

一方、富山は西洋に留学して帰ってきたことになっていますが、彼の態度は、徳川時代に遊郭で遊ぶ町人の旦那と変わらない。だから、彼女が貫一と同棲していると知っていても、いわば芸者を「身請け」するように求婚したたし、またそれが可能だった。さらに、よくあることですが、女を一度身請けしたら、すぐに興味をなくして相手にしなくなる。そこで、お宮は貫一のことを思いだして後悔する——、要するに、そういう話なのです。

先ほど、今の読者が『金色夜叉』を読むと、驚くだろうといいました。しかし、実は私は、今の若い人は、もし読んだとしたら、まるで驚かないのではないか、かえって北村透谷などを読んだほうがあきれてしまうのではないか、と思っているのです。というのは、お宮のように、自分の商品価値を考えて、もっと高く売ろうと計算する女性は、今日ではありふれているし、男女ともに処女性など気にかけてもいない。数年前に「援助交際」と呼ばれる十代の少女の売春形態に、革命的な意味づけを与えようとした社会学者がいました。しかし、それは資本主義がより深く浸透してきたということを意味するだけです。もしそれが革命的なら、西鶴の『好色一代女』のほうが猛烈に革命的です。

また、若い人たちには、いわば貫一のように、一気に金をもうけようと投機をやる人たちがすくなくない。それはどういうことなのか。これは資本主義の段階でいえば、産業資本主義の後の段階では、ある意味で商人資本主義的になるということを意味しています。生産ではなく、流通における交換の差額から剰余価値を得ようとする。全体がそうではないが、今日においては、そういう資本の本性が前面に出てきています。だから、一昔前のもののほうが現在にぴったり合うように見えるのです。これが「歴史における反復」ということの、現実的根拠です。

最後にいいますが、今日の状況において、文学（小説）がかつてもったような役割を果たすことはありえないと思います。ただ、近代文学が終っても、われわれを動かしている資本主義と国家の運動は終らない。それはあらゆる人間的環境を破壊してでも続くでしょう。われわれはその中で対抗して行く必要がある。しかし、その点にかんして、私はもう文学に何も期待していません。

追記――これは、二〇〇三年一〇月、近畿大学国際人文科学研究所付属大阪カレッジで行った連続講演の記録にもとづいている。

第二部　国家と歴史

1

インタビュー

歴史の反復について

聞き手　岡本厚

反復的な構造をとらえる

——二〇〇五年は敗戦六〇年にあたります。［二〇〇四年］十一月にはブッシュ大統領が再選されましたが、大統領選や同時に行われた上下両院選挙の票の勢いを見ると、アメリカは今後かなり長期にわたって保守、しかも宗教原理主義的な保守の政治が続くのではないかと懸念されています。自由とか民主主義とか進歩とか、あるいは法の支配とか、私たちがこれまで考えてきたアメリカとは違う世界に、アメリカは入り始めているのではないか。そして、日本が敗戦後アメリカから学び、社会の基盤としようとしてきた自由とか民主主義とか、個の尊厳とか人権とか、男女の平等とか、あるいは国際協調主義とかいうものも、アメリカが変質することによって脅かされようとしてきています。

この九月［二〇〇四年］には、アナン国連事務総長が「世界中で法の支配が後退している」と警告していますが、それはおそらく現在進みつつある事態に対する危機意識だと思うのです。法の支配が後退すれば、剥き出しの暴力や剝き出しの国益主義で世界を支配しようということになる。また、剝き出しの資本主義というのでしょうか、民営化と規制緩和によって、暴力的なまでに激しく収奪をしていく傾向が顕著になってきています。柄谷さんはいまの状況を、どうご覧になっていますか。

新しい未知の状況に対して、われわれは過去の経験を参照して考えます。必ずしもそれは新しい出来事を古い言葉で覆い隠してしまうことになってしまうと、私は思いません。むしろ、その逆に、それは新しい外見によって覆われた反復的な構造をとらえることができると思うのです。国家や資本制経済というものは基本的に反復的な構造をもっています。いま敗戦後六〇年たって、といわれた。その場合「六〇年」というのは重要な区切りだと私は思います。東洋には易の考えがあり、これはまさに六〇年で循環するようになっています。これは古代の自然学であり、自然現象の観察にもとづいているのでしょう。これにも一定の根拠があると思います。今日でいえば、もっと「科学的」な理論として、コンドラチェフの長期波動論があります。そこでは長期的な景気循環は、だいたい五〇-六〇年周期といわれているのですが、人によって把握が違います。私自身は日本の近代史の経験から、六〇年という周期性で考えるとよいのではないかと考えてきました。

たとえば、私は「歴史と反復」という文章（『定本柄谷行人集』第五巻）を書きましたが、そこでは昭和時代に明治時代が反復されていることを論じています。とはいえ、そこに神秘的な理由は何もありません、たまたま明治と大正を合わせた期間がほぼ六〇年であったため、昭和時代において明治時代が反復されているように見えてくるのです。たとえば、昭和前期にはまさに明治維新を反復する「昭和維新」がありました。日本のファシズムはそのような反復の表象をもって生じたのです。また、憲法発布は明治なら二二年、昭和なら二一年、日清戦争（明治二七年）には講和会議と日米安保条約（昭和二六年）が対応し、日露戦争（明治三七年）には安保闘争（昭和三五年）が、条約改正（明治四四年）には沖縄返還（昭和四七年）が対応する。さらに、明治四五年の乃木将軍の自決と昭和四五年の三島由紀夫の自決。それ以後、すなわち一九七〇年以後はいわば大正時代になるわけです。昭和天皇はそれ以後、いわば大正天皇のようにひっそりと存在したのです。ところが、一九八〇年代後半から、天皇の存在が内外で突然露出し始めた。私がこのような並行性を考えたのは、昭和天皇の病気が伝えられたときです。

その時期、私は、一九九〇年以後、いわばもう一度昭和初期に戻る、つまり、一九三〇年代に戻るのではないかと思いました。そして、その予想にもとづいて、いろいろ考えた。ある程度それは当たっていたと思います。実際、昭和天皇が亡くなった一九八九年の時点で、東欧の市民革命、そしてソ連圏の崩壊へ、という出来事がおこりました。それはすぐに一九九一年の湾岸戦争に続いて行きました。これは冷戦体制が終わった後に、どのような世界がもたらされるかを萌芽的に示した事件です。さらに、日本のバブル経済がはじけた。こうした状況は、日本の文脈ではいわば「大正」が終わって、再び「昭和」に入ることを意味する。いいかえれば、それは一九三〇年代の経済不況とファシズムの時代に似た状態を反復することになる。だから、今後の状況は一九三〇年代に似てくるであろうと考えたのです。

しかし、この予想、つまり、六〇年の周期性でみる考えは、どうもうまくいかない。たとえば、この図式では、二〇〇五年はどうなるか。それはまさに一九四五年に該当するはずです。それは日米戦争が終わり、日本が再出発する年です。しかし、そんなことはなかった。イラク戦争でも決定的なことが起こりそうもない。世界的にも決定的な変化がありそうもない。むしろ、今後の日本はますます今のような傾向を強めていくような感じがする。とはいえ、それを戦前への回帰、一九三〇年への回帰ということで考えるのは、的はずれだと思います。

では、六〇年周期という説を捨てるべきか。私の考えでは、その必要はない。たんに、その倍の、一二〇年という周期で考えればよいわけです。簡単にいえば、二〇〇五年は一九四五年ではなく、それよりさらに六〇年前の一八八五年（明治一七年）に該当するのです。なぜ、六〇年の倍なのか？

一般的に、近代の世界経済システムは、六二－六三頁の図のように、六〇年で新たな段階に進みます。それは、生産力の発展に伴ったものです。しかし、生産力と無関係に、たんに循環的な周期性があります。たとえば、ウォーラーステインは、自由主義を、世界的なヘゲモニーをもった国の経済政策であると考えた(『近代世界システム1600－1750』名古屋大学出版会)。事実上、近代世界経済において、ヘゲモン(ヘゲモニー国家)は、三つしかないのです。オランダ、イギリス、そして、アメリカ(合衆国)。

たとえば、オランダは、まだイギリスが「重商主義」段階にあった時期に、自由主義的でした。政治的にも絶対王政ではなく共和制であった。実際、アムステルダムはデカルトやロックが亡命し、スピノザが安住できたような例外的な都市でした。オランダは製造業においてイギリスに追い抜かれた一八世紀後半になっても、流通や金融の領域においてヘゲモニーをもっていました。イギリスが完全に優越するようになったのは、ほとんど一九世紀になってからであり、それが図に示したような自由主義段階なのです。しかし、イギリスのヘゲモニーが没落した一八七〇年代以後に、いわゆる帝国主義の時代が始まり、六〇年後の一九三〇年代には、アメリカがヘゲモンとなったということができます。

レーニンが一八八〇年代に顕著になった帝国主義を、資本主義の最終的段階と規定しました。しかし、ここで私がいう「帝国主義」は、そういうものではない。それは、ヘゲモンが没落しつつあるが、新興国家がそれにとってかわるほどに確立しておらず、相互の抗争が続く段階であると考える。ここには発展はない。たんに交替、反復があるだけです。ヘゲモンが確定した自由主義的な時期が六〇年続く。そして、それが没落すると、つぎのヘゲモニーを目指した抗争が六〇年続く。そのような反復がある。だから、歴史的には、六〇年前よりも一二〇年前に、事態は似てくるわけです。

そこから今日を見るとどうなるか。一般的に、一九九〇年代は「ネオ・リベラリズム」と見られています。つまり、アメリカがかつての大英帝国と同じように圧倒的なヘゲモニーをもった時代であり、その政策が「自由主義」の再現だといわれる。しかし、アメリカがヘゲモニー国家であったのは、むしろ一九九〇年以前であって、ドルの金兌換制停止が示すように、経済的には一九七〇年代から没落しかけていたのです。アメリカによる「自由主義」の段階とは、むしろ冷戦時代と呼ばれていた時期（一九三〇－一九九〇）に見いだされるべきでしょう。そこでは、先進資本主義諸国はソ連圏を共通の敵とすることで協力しあい、また、国内において労働者の保護や社会福祉の政策をとった。その敵対的な外見に反して、国際的にはソ連圏、国内的には社会主義政党は、世界資本主義を脅かすどころかそれを補完するものとして機能したわけです。冷戦時代とは、したがって、ヘゲモニー国家アメリカによる「自由主義」的な段階であったといってよい。ところが、一九九〇年代以後のアメリカは、金融や軍事において覇権をとどめているものの、すでに冷戦時代のような圧倒的な経済力をもっていません。むしろ、一九九〇年以後には、アメリカと、それに対抗する、ヨーロッパ、中国、その他の新勢力との闘争が始まった。その意味で、九〇年以後は、帝国主義的な時代です。それはすでに湾岸戦争にはじまり、二〇〇四年のイラク戦争において顕在化したのです。

しかし、その一二〇年前には何があったか。帝国主義が始まったのは、一八八三、四年ごろだと、ハンナ・アーレントはいっています。イギリスがエジプトを占領した時期です。それは日本でいえば、明治一七年ぐらいです。この年、李氏朝鮮の宮廷で、親日本派の金玉均らが起こしたクーデター（甲申の変）が失敗した。その結果、いよいよ朝鮮に対する清朝の宗主権が強まり、他方、金玉均らと親しかった福沢諭吉が失望して、「脱亜論」を書いた。この時期の日本人は、韓国を植民地支配しようなどとは考えていなかったのです。しかし、この時期から一〇年後の日清戦争（一八九四年）にいたるまでに、日本は帝国主義国家として変質していきました。

現在、日本が戦前に戻りつつある、だから、危険だ、という見方があります。しかし、私はそのような見方は、現状において有効ではないと思う。日本は一九三〇年代のように「大東亜共栄圏」を目指していない。むしろ、それに背を向けている。つまり、「脱亜」を選んだのです。その意味で、一九三〇年代をくりかえすことなどありえない。しかし、そのかわりに、現在は、一八八〇年代をくりかえしつつあるのです。つまり、現在は日清戦争がその先に迫っているような時期に似ている。現在の中国は一九三〇年代のように植民地的支配と内戦によって分裂した弱国ではない。清朝のようにその勢力を南アジア一帯に広げている「帝国」です。一方、北朝鮮は李氏朝鮮と類似している。つまり、東アジアには、日清戦争の産物である台湾をふくめて、日清戦争（一八九四年）の前後に形成された地政学的な図版がそのまま活きているのです。

もちろんこうした周期的な反復は形式に関するもので、その内容は違います。いいかえれば、同じ出来事がおこるわけではない。にもかかわらず、そこに形式的な類似性がある。反復を生み出すのは、資本主義がもつ反復的構造と世界的な国家の関係構造です。こうした反復性を考えることは、出来事を予知するためではありません。予知することなどできない。しかし、反復的な構造を考えることは、それを知らないために、あるいはたんに皮相的にしか知らないために、犯してしまう誤りを避けるために必要なのです。

たとえば、現在が一二〇年前に類似していると見る場合、つぎのようにいえます。中国の共産党政権も清王朝と同様に、北朝鮮の政権も李氏王朝と同様に、早晩崩壊する、と。だから、中国や北朝鮮の「脅威」などで危機をあおり立てることはまちがっています。危機をあおり立てるのは、そのことによって日本の軍事化を進めるためです。それによって、まさに一二〇年前を反復することになる。だから、注意してほしいのです。

消費者に祖国はない

――ただ、そういう反復の中でも、たとえば戦争の不法化とか、人権の擁護とか、いわば国家や資本主義の暴力を抑え、コントロールしていこうとする考えも出てきたのではないかと思うのです。国連には、一九一カ国が加盟して、とにかく国連憲章を認めてきた。それが崩壊の危機にある。

それが六〇年前よりも一二〇年前に戻ってしまうのではないかと述べたときに、私が意味していたことです。一九世紀後半の帝国主義は世界戦争に帰結したわけですが、その結果、第一次大戦後に国際連盟が作られ、さらにそれが機能せず第二次大戦にいたった反省の上で、国際連合が作られた。現在進行しているのは、それを無視する帝国主義の論理です。アメリカの「自由主義」というのは、一九世紀のイギリスの「自由主義」と同じで、いわゆる自由主義的帝国主義です。自由な経済活動を妨げるものがあれば、軍事的にやっつける。だから、自由主義と帝国主義は矛盾しない。この自由主義は当時の思想でいえば、スペンサーのソーシャル・ダーウィニズムですね。平たくいえば、「弱肉強食」です。明治日本では、たとえば加藤弘之という思想家がいますが、彼はもともと民権派の思想家だったのに、スペンサーを読んで社会的ダーウィニズムに転向した。その頃、民権思想家たちがぞろぞろと帝国主義に転向した。それは現在も同じです。勝ち組とか負け組とかいっている。それはまさに社会的ダーウィニズムなのです。

ただ、私はたんにそういうものを批判しただけではだめだと思っています。それに対抗する理論が必要なのです。たとえば、資本主義に対抗する思想である社会主義はどうか。一九九〇年にソ連、東欧が崩壊した後、左翼の側が行き着いたのは、市場経済を認めつつ、そこから生ずる矛盾や弊害を国家的な政策で、議会を通して、ひとつひとつ徐々に解決していくというものでした。つまり、社会民主主義です。この考え方は、じつは一九世紀の末ベルンシュタインがいいだしたもので、俗に改良主義・修正主義といわれているものです。ベルンシュタインは亡命者としてエンゲルスと一緒にイギリスに残っていて、最後にエンゲルスの著作権を相続した人ですから、ある意味でエンゲルスの本音を知っていたと思います。一八九五年にエンゲルスは、かつてマルクスと一緒に『共産党宣言』(一八四八年)に書いたようなことは古い、市街戦のような革命は時代遅れだ、今日のドイツでは、議会を通した合法的な革命が可能だということをいっています。ベルンシュタインはこのエンゲルスの考えをもっと露骨にいっただけです。カウツキーはベルンシュタインを修正主義といって非難したけれども、結局は同じようなものです。

こうした改良主義、議会主義を否定したのがトロツキーやレーニンであり、彼らは一九一七年二月に始まったロシア革命の過程で、十月にクーデタを強行した。そして、「プロレタリア独裁」に入った。それが実際には共産党の独裁であり、後にはスターリンの独裁でしかなかったことはいうまでもないことです。とにかく、ロシアの十月革命が二〇世紀を「革命と戦争の世紀」にしたといってもよい。ファシズムとはロシア革命に対する対抗革命ですから。もちろん、このような社会主義は崩壊しました。しかしそれが行き着いたのは、いわばベルンシュタインです。それはベルンシュタインが正しく先見的であったことを意味するのだろうか。そうではないと思います。

イギリスでは、マルクスが『資本論』を書いていた時期に、すでに労働者階級は保守的になっていました。労働組合もあり、選挙権もあったからです。そして、フェビアン協会のような改良主義的な社会主義が支配的であった。一九世紀末にベルンシュタインは、ドイツも今やそのようなものになりつつあると思ったのです。一方、ローザ・ルクセンブルグは、先進国の資本は後進国からの搾取によって蓄積される、先進国の労働者が保守化するのは資本が後進国で搾取した剰余価値の分け前をもらっているからだと考えました。そこで、先進国の革命の行きづまりという状態から、後進国での革命に転換する道が開かれたわけです。後進国の革命は、先進国の資本主義を追いつめるという意味を帯びるようになった。これは一九世紀までの考え方とまったく違います。

マルクスは、社会主義をイギリスのような先進的な資本主義国の上でのみ可能だと考え、

「段階の飛び越え」を否定していました。たとえば、一八四八年の『共産党宣言』では、ドイツの革命はブルジョア革命からただちにプロレタリア革命に転化するといいながら、一八五〇年の秋にはそれを否定しています。ドイツのような後進国ではそんなことは不可能である。また、社会主義者は国家権力をとることを急いではいけない。そうなると、ブルジョアがやるべきこと（資本の原始的蓄積のような過程）を社会主義者がやらなければならなくなる、というのです。実際に、二〇世紀におこった社会主義革命はすべて後進国ですが、ほんとうはブルジョアがやるべきこと（たとえば民族独立）を社会主義者がやっていただけです、だからまた、それは民族独立運動としては成功したし社会主義としては失敗したのです。

とにかく、ロシア革命以後、後進国で社会主義者が権力をとって社会主義化を強行するという戦略が普及しました。そして、それが全部破産したわけです。その結果、先進国の左翼は社会民主主義に到達し、社会主義的展望ももてない周辺資本主義国では宗教とかテロリズムに訴えるほかなくなった。しかし、この問題は一九世紀末にもどって考えなおす必要があると思います。私の考えでは、ベルンシュタインだけでなく、それを批判したローザもトロツキーも、結局、先進国の発達した資本主義の中での革命が可能なのか、可能だとしたら、それはいかなるものでありうるかを考えなかったと思うのです。私はそれについて考えました。『トランスクリティーク』（定本第三巻）に書いたのはそのことです。

それを簡単に要約すると、こういうことになります。一般に、資本制経済における剰余価値は封建的経済における剰余労働の搾取が変形されたものであると考えられていました。資本制経済においては、そのような搾取が自由な契約にもとづくという名目の下に欺瞞的になされているのだ、と。しかし、これはべつにマルクスの考えではなくて、リカード左派の考え方です。彼らは「賃金奴隷」という言葉をつくっていました。これは賃労働者が農奴の変形だという意味です。そして、一九世紀前半には、リカード左派にもとづく労働運動が隆盛を極めたのです。しかし、マルクスがイギリスで『資本論』を書いた時期は、そのような闘争の結果として労働者階級が諸権利を獲得し豊かになって保守化した時期でした。

マルクスというと労働価値説といわれますが、マルクスが古典派に対して重視したのは、むしろ商品の使用価値なのです。商品が売れるのはそれが他人にとって使用価値があるからであり、また売れないと価値（労働価値）が実現されないのです。スミスやリカードといった古典派経済学者は、商人資本を安く買って高く売ることから利潤を得ていると非難し、産業資本が公正な等価交換によることを強調しました。しかし、私は、資本主義は封建的な搾取の変形ではなくて、商人資本の変形だと考えています。一般的に、それは価値体系の差異から、差額、つまり剰余価値を得るものです。産業資本は時間的にたえまない技術革新によって価値体系を変えて差額を作り出す。しかし、産業資本は空間的にも剰余価値を得ようとします。つまり、原料や労働力の安いところに向かう。要するに、資本はいかなる価値体系の差異でも見逃さないのであり、差異がなければ何としてもそれを作り出そうとする、そういう運動なのです。

こうしてマルクスは資本制経済を商人資本の運動（貨幣→商品→貨幣という過程）において見たのですが、それはたんに産業資本主義の秘密を明かすだけではなく、それに対抗する運動の秘訣をも示すのです。たとえば、リカード派は、労働者は生産点で搾取されるという。資本家が労働者の生産したものを取り上げてしまうという。マルクス主義者もアナルコサンディカリストもそう考えていた。だから、そこでストライキをやれば、資本主義に止めを刺すことができる、と。しかし、剰余価値は、生産過程においてだけではなくて、労働者が自分たちのつくったものを消費者として買うという過程において初めて実現されるのです。つまり、総体としての労働者がつくったものを自ら買い戻すとき、その差額が総資本の剰余価値となる。

そうすると、搾取されているから労働者は生産点で戦えといっても説得力がない。たとえば、生産物が売れなければ会社がつぶれます。倒産したら元も子もない。この点から見ても、生産点での労働者は普遍的な観点をとりにくいと思います。彼らはむしろ企業と一体化しやすい。先進国である程度豊かになった労働者は、普遍的な観点に立てない。しかし、消費者としては異なると思います。環境問題や教育問題に関して非常に敏感になります。たとえば、水俣病問題のとき、水俣のチッソ工場の労働組合は会社支持でした。反対運動は魚を食う消費者の側から出てきた。

しかし、消費者といっても、それは労働者と別のものではない。人は生産過程におかれると労働者であり、流通過程におかれると消費者になるだけです。したがって、労働者が普遍的になるのはむしろ生産点を離れたときです。大切なのは、消費の場での闘争です。これはいわゆる消費者運動とは違います。それは労働者が消費の場で戦うような運動です。一九世紀末以来、議会かゼネストかということがいつも論議されていました。しかし、そのころにボイコットの運動を提起した人がいる。ガンジーです。

グラムシは一八四八年以後の革命は、市街戦のような機動戦ではなく、陣地戦になったといいました。彼の考えでは、ゼネストは機動戦です。そして、彼がこういうことを考えたのは、ほかならぬゼネスト（工場占拠）で失敗しファシストに弾圧されて獄中にあったときなのです。その意味で、グラムシは先進国での革命の問題をはじめて考えた人だといっていいと思います。彼はそこで教育・メディアなどの文化的なヘゲモニーに関する闘争を重視する観点をとった。しかし、そのとき、グラムシがガンジーのボイコット運動を陣地戦の例として称賛していることに注目した人は、私の知るかぎりいない。非暴力の対抗運動の本質はボイコットにあります。資本も国家もこれには手も足も出ない。働くことを強制しうる権力はあるが、買えということを強制しうる権力はないから。もしそれを強制するなら、もはや市場経済ではない。

今後、資本と国家が理不尽な方向にふるまいはじめたとき、どうするか。議会が頼りにならないとしたら、どうするか。その場合、私はボイコットを中心にした戦いをすることができると思うのです。これは普遍的な立場ですから、トランスナショナルな連帯が可能です。「プロレタリアには祖国がない」とマルクスは『共産党宣言』に書いた。しかし、生産過程の労働者には祖国があります。そこで、「消費者に祖国はない」と私はいうのです。

主権の放棄としての憲法九条

――これからもし一二〇年前のような自由主義的帝国主義が反復されるとしたら、たとえば東アジアで考えたとき、日本もそうなるかもしれないが、成長著しい中国がそういう存在になる可能性もありますね。

ありますね。

——そのときに、日本はどうしたらいいのか。いまの日本は、ブッシュ政権に呼応するように、憲法改正とか、男女平等の見直しとか、国連は役に立たないとか、言い始めている。この状況をどうご覧になっているか。そして、憲法とりわけ九条をどう考えるべきか。

中国のことでいえば、日本が憲法九条を維持しそれを積極的に掲げているならば、別に何も恐れるものはないと思います。中国共産党政権はもう長く続かない。彼らがいま何をいおうと、むしろ将来を考えて自重すべきだと思います。

実は私が憲法九条や国際連合の問題を重視するようになったのは、そんな昔ではなく、一九九〇年、湾岸戦争が始まりそうに見えた時期です。その時期私が考えたのは、憲法九条の「戦争放棄」が重要なのは、たんに平和主義などということではなくて、国家の揚棄という問題と切り離せないということです。レーニンは社会主義体制において、階級社会がなくなれば国家は死滅すると考えた。もちろん、そのような気配は微塵もなかった。しかし、それはトロツキーがいうように強固な官僚体制ができあがったから、ではないのです。そもそも一国だけで国家を揚棄するということなど意味がない。国家はその内部だけで考えられない。国家は他の国家に対して存在するわけです。ロシア革命の政権は国家を解消するどころか、革命を防衛するために国家を強化しなければならなかった。その過程で強固な官僚体制が形成されたのです。また、レーニンは国家を超える「第三インターナショナル」を作りましたが、そこでは「ネーション」という単位は解消されていない。それは現実にはソ連のナショナルな利益を押しつける機関となった。マルクスは「世界同時革命」ということを考えていましたけれど、それは夢想にすぎない。そうすると、マルクス主義者は国家の揚棄といいながら、その道筋については何も考えていなかったというほかないのです。その点では国家を否定するアナキストも同様です。

では、国家というものが他の国家に対して国家だという観点をとった上で、国家を揚棄するとはどういうことか、いかにして実現できるか。この問題をいちばん考えたのはカントだと思う。カントは「永久平和について」書きましたが、あれはたんなる平和論ではない。世界革命論なのです、彼がいう「世界共和国」とは、世界史が到達すべき理念です。そこではたんに国家が揚棄されるだけでなく、当然資本主義も揚棄されるのです。

世界共和国とは、各国が主権を放棄する状態です。それは窮極的な達成ですが、彼はその前段階として国連のような組織を提唱しています。これは第一次大戦以降、国際連盟として実現された、またそれがうまく機能しなかった反省として、第二次大戦のあとに国際連合が形成された。こうした構想は明らかにカントから来ています。このようなカントに対する最初の批判者はヘーゲルでした。ヘーゲルはカントを嘲笑して、仮にそういう世界連邦をつくったとしても、具体的に実力行使をする強い国家がなければ機能しないといいました。いまでも国連に関しては同じことが言われています。たとえば、アメリカがEUに対していいましたよね、お前たちは古いカント的な理想主義者で、古いヨーロッパだ、とか何とか。それこそ古いヘーゲルの台詞にすぎないのです。

カントは別に甘い理想主義者ではありません。彼は人間の善意をあてにしていたわけではない。むしろその逆です。彼は人間の本性（自然）として「反社会的社会性」があるというのです。これはフロイトがいう死の欲動、あるいはそれが外に向けられた場合の攻撃性だと思います。カントはそのような攻撃性が発動された結果として、要するに世界戦争の結果として、世界共和国が実現されるだろうというんですよ。人間の自然の悪がいわば結果として善を実現する、これはヘーゲルの「理性の狡智」に対して「自然の狡智」とも呼ばれていますが、実際、ヘーゲル的論理にもとづいてなされた第一次大戦と第二次大戦の破局を通して、国際連盟、国際連合という機関が形成された。それはけっして理想家たちが集まって作った作文ではない。廃墟の上に築かれたものなのです。

憲法九条は明らかにこうした国際機関の存在を前提としています。私は日本における憲法九条は、日本人の攻撃性が反転して生れたといってよいと思います。これはアメリカの占領軍に押しつけられたものだ、ということがよくいわれてきた。しかし、かりにそうだとしても、アメリカ占領軍自体が憲法九条の改定を望んだのに、日本人はそれを拒んできた、そして、今までどんな政権も憲法九条改定を公然と主張して選挙をやったことがない。そうすれば負けるに決まっているからです。では、なぜそうなのか。この問題に関しては、私の「カントとフロイト」（定本第四巻）という論文で精しく考察しています。簡単にいうと、それはこういうことです。

フロイトは第一次大戦後に戦争神経症の患者を見ているうちに、死の欲動あるいは攻撃性を想定するようになった。そのあとに超自我ということを言い始めたのです。超自我というと、しばしば、親とか社会とかそういう外の権威が内面化されたものだと考えられています。前期のフロイトは無意識の「検閲官」のようなものを想定していましたが、超自我という概念はもっていなかった。晩年のフロイトが——第一次大戦以後のフロイトですが——超自我と呼んだものは、外から来るというより、内から来るものなのです。つまり、自分のなかにある攻撃性が内側に向かったときに超自我になるとフロイトはいうのです。たとえば、非常に寛大な両親に育てられた子供が倫理的に厳格な者になる場合がある。動物愛護論者には子供時代に動物を虐待していた者が少なくない。

しかし、なぜフロイトは一九二〇年代にこうした超自我の問題を論じ始めたのか。それは必ずしも精神医学だけの問題ではなかったと私は思う。それはやはり戦争と深く関係しています。そもそもフロイトが攻撃性とその内面化という問題について考えたきっかけは、戦争神経症の患者を見たことにあるのです。一九二〇年代において、ワイマール憲法や民主主義体制は、第一次世界大戦の勝利者側から押しつけられたものであり、だからわれわれはそれを拒否し独立しなければいけないというような風潮が強くありました。いうまでもなくその結果がナチの勝利になったのです。このような時期にフロイトは「文化の不満」という論文を書いた。その「文化」とはいわばワイマール体制のことです。文化を否定し自然に帰れ、生命に帰れという時代の中で、彼はいかに居心地が悪かろうと、この文化(超自我)を廃棄すべきではない、なぜなら、それは外から来たのではなく内から来たものなのだから、とフロイトはいいたかったのだと思います。いいかえれば、それはドイツ人自身の戦争体験がつくったものであり、そのような「文化」がいかに神経症的であろうと、われわれはこれから癒える必要はない、と。しかし、一九三〇年代にドイツ人はそこから癒えて「健康」になった、すなわち、ナチスになったのです。

日本国憲法の戦争放棄はアメリカに強制されたものだ、だから日本人は自分でやりなおさなければいけない、「普通」(ノーマル)にならなければいけないというようなことを何度もいわれてきました。しかし、これまで何回も変えるチャンスがあったにもかかわらず、日本人は常に憲法九条を維持しようとしてきた。それに対して、日本人は無知だ、平和ボケだ、もっと理性的に考えろという言葉が何度も浴びせられた。しかし、そんな批判や説得ではとうてい無理です。現在、憲法九条を変えようという人たちが優勢になってきているように見えますけれども、そうではないと思う。憲法九条とは、戦後の日本人の攻撃性が内に向けられて作られた「超自我」なのだと私は思います。それは「無意識」です。だから、理屈では説得されないのです。護憲派の人たちは憲法が改正されると怯えていますが、私はもし国民投票をやったら護憲派が勝つに決まっていると思う。逆に自民党側はそれがわかっているので、じわじわとしかやらないのです、憲法を変えようとする側から見ると、これぐらい不合理で執拗な相手はいない。というのも、相手は「超自我」ですから「意識」のレベルでいくら説得しても無駄なのです。

先月［二〇〇四年十一月］のアメリカの大統領選挙では、イラク戦争がまちがっていたかどうかということが争点になりました。しかし、日本では憲法を変えるか変えないかで選挙したことは一度もない。この夏の選挙では護憲を唱えた政党が負けたといわれたけれど、それは憲法が争点になっていないからですよ。むしろ、野党は憲法改定を争点にして選挙をしろと要求すべきです。たとえその結果、国会の議席三分の二以上を得たからといって、憲法九条改正案の採決を強行できるだろうか。そのあとに国民投票があるのです。だから、どうぞやってみたら、と私は思うんですよ、そうしたら「無意識」がどういうものかよくわかる。

――一回やって負けたらしばらくは出せませんからね。

何しろ、「無意識」ですからね、小賢しい「意識」ごときに、何ができる。とはいえ、政治家は選挙に出ますから評論家や学者ほど傲慢ではない。何とか憲法の解釈を変えてやるだろうと思います。私にとってはそのほうが困るのです。保守派の人たちがそんなに憲法九条を批判するなら、それを争点にして選挙をやったらいいではないか。なぜそうしないのか。たとえばドイツ人は、いまのドイツの憲法は占領軍によって押しつけられたとはけっしていわないでしょう。なぜかというと、そういう論理を第一次大戦後に使ったことがあり、その結果、何が起こったかを知っているからです。それに比べて、日本人は初体験だから、もしかすると、もう一度失敗しないといけないのかもしれない。だから、最初に述べた話にもどっていうと、私は湾岸戦争以後、日本は近いうちに憲法九条を放棄して戦争に参加するだろうと予想していました。ただ、その結果痛い目にあって、戦後六〇年にあたる二〇〇五年にはあらためて戦後の憲法九条の意義を確認するということになるのではないか、と。そういう「自然の狡知」を考えていたのですが、実際にはそうならなかった。
しかし、それが先延ばしになり今後に悲惨なことがおこるとしても、結局、憲法九条を確認する時期が必ず来ると思います。そして私はアメリカでも、ベトナム戦争後にアメリカ人がもった「超自我」が戻ってくると思います。その時点では、アメリカ人は世界最初の核戦争にかんして、自分たちが広島、長崎に行ったことに対しても反省すると思います。そして、その時にこそ、国家の主権の放棄ということが起こると思うのです。そのような歴史の見直しが必ずそう遠くない未来にあると思います。

――たしかに九条というのは、主権の放棄ですよね。

ええ、そう考えればいいのです。だから、この憲法はものすごく新しいものであって、これを書き込んだのはいわばアメリカのカント的理想主義者ではなかろうか。彼らには「自分の国ではできないから、この国でやってやろう」という意識があったと思います。

――憲法を理想主義者が書き込んだからこそ、いま日本がこういう状態にありえた。

農地改革を行い労働組合をつくらせたのも当時の占領軍です。その中に民主党のニューディーラーがいたからですね。

——当然憲法も国連憲章の理想ともひびき合うわけです。そして第九条は国連憲章より先進的な理念ですね。

私はずっと平和主義とか国連とかに対して偏見をもっていました。しかし、それを国家と資本の揚棄という世界史的課題の中で見たときに初めて、重要だと思うようになったのです。もちろん、現状の国連には問題があるし不満だけれど、基本的にはこういう機関を通して世界共和国の方向に向かうだろうと思います。それがないと、一国だけの変革は無理ですし、逆に、それぞれの国の中での変革がなければ、国連のような機関から世界共和国にいたることはありえない。日本人は憲法九条を積極的に掲げるかぎりにおいて、知らぬ間に世界史の先端に立っているのだと思います。

インタビュー

2　交換、暴力、そして国家

聞き手　萱野稔人

基盤としての交換形態

――柄谷さんはこれまで、資本主義の考察とともに、国家やナショナリズムについての考察を展開してこられました。今回は『現代思想』で国家の特集をするということで、柄谷さんから国家についての理論的な話をうかがえればと思っています。

現在、他言語に翻訳されたテクストを集めた『定本 柄谷行人集』（岩波書店）が刊行されています。その第四巻『ネーションと美学』の「あとがき」で柄谷さんは次のように書かれています。「しかし、私は一九九八年に或る認識を得たため『探究Ⅲ』を廃棄し、それを新たな構想の下に書き換えた。それが『トランスクリティーク』であった。そのことはそれまで書いたナショナリズム論にも影響を及ぼさずにいなかった」。つまり、『トランスクリティーク』の前後に、ある理論的な転回があったということですね。まず、この理論的転回がどのようなものであったのか、ということからお聞かせください。

僕は、それまでは基本的に、国家やネーションあるいは宗教というものを上部構造として見る立場でやっていたと思います。たとえば、ネーションに関して、ネーションを表象として形成するものを考察するとか、自分なりにいろいろと考えてはいたけれども、基本的には、史的唯物論の枠組でやっていたと思うのです。ベネディクト・アンダーソンのナショナリズム論もその一つですね。

その後の転回とは、経済的下部構造があり政治的・イデオロギー的な上部構造があるといった史的唯物論の観点を廃棄したということです。経済的下部構造というようないい方では、資本主義経済は理解できない。そもそも史的唯物論とは、産業資本主義が成立した後に、それ以前の社会を経済的構造から見るようになったときに成立したものです。だから、そのような見方では、資本主義を理解できないのです。そもそもマルクスは『資本論』を書いた人であって、エンゲルスのような史的唯物論だけの人とは違うのです。

上部構造というかわりに、いろんな言い方がありますね。「共同幻想」とか「想像の共同体」とか「表象」とか。一般的に、上部構造を重視する人たちはかつての経済的決定論に反撥したからでしょう。しかし、そういう見方は「経済的下部構造」が何か実体的なものであるかのように考えることです。ところが、資本主義的経済というのは、貨幣と信用からなる世界であって、それ自体宗教的な世界なのです。それなら、資本主義経済も上部構造といわないといけないでしょう。

一般的に、上部構造の自立性ということをいう人は経済を軽視したいのですが、僕はむしろ経済的下部構造を重視します。ただし、その場合、経済的構造の中に、通常、経済とは考えられていないものをふくむわけです。一般に経済といわれているものは商品交換という形態ですが、もし交換が経済であるならば、贈与とお返しという交換の形態も、収奪と再分配という交換の形態も、広い意味で「経済的」だといわなければならない。そして、商品の交換が資本主義経済という宗教的世界の基盤にあるとするならば、国家の基盤、ネーションの基盤にも、それぞれ商品交換とは異なった交換の形態がある、ということができます。国家やネーションはそのような交換に根ざしている。そうすると、それらがたんに表象だ、共同幻想だとかいったところで、簡単に解消できるものではないということがわかります。

交換にかんする僕の見方は、ポランニーを受けついだものですが、ポランニーは再分配といっているだけで、収奪‐再分配という交換を見ていません。いいかえれば、彼は国家について考えていない。国家というものは、あなたも書いていますが（「全体主義的縮減」『現代思想』二〇〇二年一二月号所収）、収奪によって成立する。しかし収奪を継続するためには、再分配をしなければならない。つまり収奪する相手を保護し育成する。だから、国家の基盤には交換形態があるのだと僕は考えています。もうひとつの交換形態は、贈与とお返しという reciprocity（互酬制）ですね。これは家族や共同体ではありふれたことです。こうした交換は、等価交換か不等価交換かということでは語れない。等価交換というのは商品交換の形態から生じるものです。

――別のロジックに基づいた交換だと。

そうですね。互酬制は商品交換から見ると、ひどい不等価交換ですね。たとえば、親が子供を育てるということは贈与ですが、それに対する子供のお返しは特になくてもいい。電話一本でもいいし、とにかく生きていてさえくれればいいわけです。

――そこに等価交換が成立するから育てるわけではありませんね。

そうですし、その上、商品交換と違って、そこには相互の同意がないですね。芥川龍之介の小説『河童』の世界では、親がお腹の子供に生まれる意志があるかどうか聞くようになっていますけど、残念ながら、人間はそういかない。誰でも、気がついたら生まれていたということです。つまり一方的に贈与されている。

こういう互酬制は、現在では家族・共同体などのように局所的にしかないようにみえるけれども、実は、商品交換をふくむ、あらゆる交換の基盤にあると思います。たとえば、封建的領主の場合、収奪－再分配であっても、まるでそれが互酬的であるかのように装われる。だから、農民は、「領主様のおかげで今日も無事に暮らせました。お返しに年貢を差し上げます」と考える。また別の観点から見ると、互酬制という原理は、収奪という暴力とは異なるけれども、権力と無縁ではない。それは贈与＝大盤振舞いによって権力を作ります。未開社会だけでなく、今日でも、金を出せる人、自分の金ではなくてもどこかから金を集められる人が政治的に力をもつわけです。

貨幣経済の社会でも、交換の契約を履行しなければならない、金を返さなければならないという気持は、必ずしも法律や国家の力に強制されているからではありませんね。そこに互酬制という原理がかなり働いていると思います。したがって、商品交換、収奪－再分配、互酬制という三つの交換原理は、それぞれ別ですが、バラバラにあるわけではない。たとえば、商品交換は、私有なしには不可能です。その場合、私有権は、それを承認する国家なしに成立しない。しかも、国家がなければ、交換（契約）が履行されるかどうかわからない。そして、国家は課税（収奪）を引き替えに、そうするわけです。このように三つの交換形態は連関していて、分離できない。しかし、それらを連関的に見る前に、まず区別することから始めなければならないと思うのです。

アソシエーションというX

――それぞれの交換形態は原理的に異なり、その差異を見極めたうえで、それらの連関を考えるべきだということですね。要約すれば、柄谷さんは『トランスクリティーク』以降、上部構造・下部構造というモデルではなくて、交換の異なるタイプの結びつきという形で、国家を捉えなおす方向へと転回した。

『トランスクリティーク』の序文には、その転回が状況の変化とも関係しているということが述べられています。つまり、たんに否定的であるだけの批判そのものが冷戦構造やマルクス主義のヘゲモニーに依存していたのではないか、そして、冷戦後の世界になると、広い意味でのポストモダン的な思考は経済的先進国における支配的なイデオロギーになったのではないか、と。

実際に日本では、九〇年代以降、国民国家批判がずっと「流行」しています。それは一方では現実的な批判力を持ちえ、また具体的な政治運動にも結実したのですが、他方では、「たんに否定的であるだけ」の批判として、つまり政治的なものに対する単なる機械的な裏返しとして、市場主義社会における現状肯定のイデオロギーとなってしまっている面もあるのではないかと思います。事実そこでは、国民国家批判そのものが、国家に対抗していく現実の運動へのシニカルな批判として機能しています。そうした言説状況との関係も含めて、転回の射程とはどのようなものだったのでしょうか。

今いった三つの交換原理に対して、僕は四つ目の交換原理があると考えます。それを一応Xと呼びますが、それはある意味ではユートピアです。実際の場所としては存在しないから。ユートピアとはある種の交換形態に根ざすものとして考えられるのです。僕は『トランスクリティーク』では、それをアソシエーションと呼んでいました。そのあとに書いた『ネーションと美学』の序説では、このXが歴史的に最初に出現したのは普遍宗教においてだったといいました。もちろん、普遍宗教は拡大するとともに国家と共同体に回収されるのですが、潜在的に第四の交換形態の空間Xを回復させる力をもっています。

いずれにしても、先ほどの経済的下部構造とその他の上部構造という考え方では、国家を超え、資本主義を超える道筋が出てきません。現にあるものを批判しているぶんにはいいが、それを超えて積極的に何かを実現しようとすると、何もない。一九九〇年以前には、実際何もいわなくてもすんだのです。今から思うと、六八年以後九〇年代まで強調されていたのは、階級闘争あるいは労働運動をベースにしたマルクス主義に対して、それまでの階級闘争からは洩れ、且つ抑圧されていたさまざまな種類のマイノリティの問題、女性問題から、同性愛の問題や外国人労働者の問題を重視するという運動や理論です。しかし、それは資本主義を相手にすることではなかった。ドゥルーズ＝ガタリもそうですが、むしろ、資本主義のディコンストラクティヴな力を肯定するという感じだった。

そうした運動はそれなりに定着して、アメリカでも、まだ反対も多いですが、ゲイの結婚も認められつつあるわけです。それは昔に比べたら凄い違いですね。

——昔といってもそんなに昔ではないわけですが。

そうですね。七〇年代には、そのような運動が非常に革命的に見えたものです。しかし、ゲイの結婚はオランダやベルギーなんかではすでにある。そういうマイノリティの運動、あるいは反システム的な運動の連合というような観点は、冷戦時代には画期的な意味があったと思いますが、九〇年以後のソ連崩壊、グローバルな資本主義の発展の中では、もうそれだけではやっていけない。資本主義・国家・ネーションをたんに批判するだけではなく、それらを揚棄するということを考えなくてはならない。そうなると、第四のXという場所が重要になるのです。

九〇年代のグローバリゼーションとは、市場経済（商品交換）の原理によってすべてを牛耳ろうとすることです。ネーションや国家という次元はその中で希薄になる。これまで、世界資本主義に対しては、国家あるいはネーションによって対抗した。一九三〇年代には、それはスターリニズムとファシズムという形をとりました。現在は、それは不可能です。今、世界資本主義に対抗する原理があるとしたら、普遍宗教になる。だから、いわゆる原理主義が出てくるのだと思います。それは本当の対抗にはなりえないけれども、とりあえずそれしかない。ナショナリズムは十分に機能しないからです。かつて、文学はネーションの形成にとって、またナショナリズムの核心として重要な役割を果たしたと思います。しかし、今グローバリゼーションに対して、文学はもう対抗する力をもたないでしょう。だから、宗教になる。

僕が見るところ、ネグリ＝ハートの『帝国』には僕が述べたような異なる交換の連関構造という視点がありません。ドゥルーズ＝ガタリは確かに条里空間と平滑空間という二元性を考えていましたけど、ネグリは、それを応用して、「帝国」と「マルチチュード」という二元性を作ってしまった。これでは『共産党宣言』に書かれている二大階級の決戦というのと同じことになるのです。僕の記憶では、ネグリ＝ハートの『帝国』という本は九・一一の直前までアメリカの国務省から称賛されていました。しかし、その事件が起こってから危険視され始めた。どうしてかというと、帝国に対抗する「マルチチュード」の中にイスラム原理主義を入れていたからです。すると、アルカイダがそこに入る。『帝国』では、彼らは湾岸戦争におけるアメリカの態度にもとづいて、それを「帝国」と呼んだのだと思います。アメリカの行動は国連の支持を得てなされるものであり、それは帝国主義と違って画期的である、と評価した。しかし、今回の（イラク）戦争はそうではないということを示している。

いずれにしても、僕は昔の『共産党宣言』にあるような二大階級を想定して、プロレタリアート＝マルチチュードに期待するというようなことは空疎で、何の展望もないと思います。各自がこれから何をしたらいいのかもわからないでしょう。原理主義にかんしていえば、僕はフーコーがイラン革命を支持したときのことを思い出すのですが、彼にも錯覚があったと思う。宗教・原理主義というものがどこの位相に出てくるのか、あるいは出てこざるをえないのか。しかし、それではなぜ駄目なのか。そのようなことを見通す構造的な把握がなければ、どうしようもない。

——ネーションと宗教、あるいは資本と国家といった連接を考えなければ宗教的な運動がどのような位相に起こるのかはいえない、と。

そうですね。しかし、もちろん、僕自身も昔からそういうことを考えていたわけではない。最初にいったように、それが見えてきたのは九八年頃です。

資本主義を揚棄する

僕は宇野弘蔵を読んでいたので、知らない間に影響を受けたのかもしれませんが、史的唯物論をうさんくさいものとしてみる傾向がありましたね。マルクスなら『資本論』を読むべきであって、それ以外のところに、マルクス主義の歴史論とか、哲学とか、美学とかを求める必要はないと思っていた。というわけで、その種のものに感心したことがないのです。もう一つは、資本主義を商人資本あるいは流通過程で見るという傾向ですね。一般的に、マルクス主義者はそれを生産過程で見るんですよ。その上でいろんなことをいってきた。しかし、前提がまちがっているのに、そこから議論をたくさん積み重ねてきただけだ、と思います。

——それは、先ほどいわれた、上部構造と下部構造のモデルはそのままで、話だけはどんどん複雑になってしまうということに関係していますね。

そうですね。古典経済学が労働から始めたのに、マルクスは価値形態から始めています。それは、ある意味で、言語的な形式（象徴的形式）を重視することです。労働とか生産よりも、それがどのような形式によってなされるのかを解明するのが『資本論』です。その意味で、僕が『マルクスその可能性の中心』のころにやったのは、経済という現象に、一種の言語（象徴形式）を導入することでした。その点で、今も、資本主義は流通過程で考えないといけないという見方は変わらない。では九八年にどんな転回があったかというと、資本への対抗を、生産過程ではなく流通過程で行えという考えを持つにいたったということとです。生産点での労働者の闘いというのは負けるに決まっている、ということが明確に分かった。たとえば、ゼネストの場合、企業の私有財産を占有することになります。

――国家による介入をそこで招いてしまうと。

ゼネストは、条件闘争としての合法的な経済ストと違って、資本の私有財産を侵害することです。そのような闘争をするには決死の覚悟が必要となる。ところが、労働者は経済ストならやるが、ゼネストあるいは政治的ストはやらない。労働者は即自的にはブルジョア的な意識しかもたない。物象化された意識しかもたない。ゆえに、彼らを啓蒙する知識人＝前衛党が必要である。ルカーチが考えたのは、そういうことでしょう。しかし、僕はどんなに啓蒙しても、生産過程で労働者が立ち上がるということは不可能だと思います。しかも、労働者が命がけで立ち上がらざるをえないひどい状態が来るのを待ち望むかのような考え方は、よくない。僕は、労働者が資本に対して余裕をもって戦える場所があると思うのです。それが流通過程、あるいは消費の過程です。

ふつう消費者運動は労働運動と区別されています。これはマルクス主義の文脈からは出てこないし、消費者運動の人たちもマルクス主義とは違う運動として考えていたと思う。しかし、労働しないような純粋の消費者なんてものはない。労働者は労働過程では労働者だが、流通過程では消費者としてあらわれるわけです。だから、消費者運動は労働運動であり、またそのようなものとしてなされるべきです。資本の蓄積過程はM－C－M′です。M－Cは生産過程です。ここで剰余価値が搾取されたということはできない。C－M′という流通過程を通過しないと、剰余価値は実現されないのです。マルクスもそれを強調しています。

――剰余価値がどこで生まれるかという問題ですね。

結局、労働者が自分たちが作ったものを自分で買うところに、剰余価値が生まれる。

――搾取というのは要するに、労働者が自分で作ったものをそれよりも高く買わされているから、その差額が剰余価値になっているのだ、と。

そうですね。もちろん労働者が各自作ったものをそのまま買うわけではない。総体としての労働者が、自分たちの作ったものを買い戻すということです。しかし、別に資本は詐欺をしているわけではない。たとえば、商人が或るものをそれが安い所で買い、それが高い所で売るとしても、それは詐欺ではない。いずれもそれぞれの価値体系の中では、等価交換なのですから。それは商人資本ですが、産業資本も原理的にはそれと同じです。それは技術革新によって、時間的に価値体系を変えてしまい、その間での交換の差額から剰余価値を得るのです。資本主義はそれゆえに、技術革新による差異化を運命づけられている。これができなくなれば、資本は終りです。

しかし、資本主義を揚棄するという課題は、資本主義が自ら限界に達するということと別個に考えないといけない。その点で、宇野弘蔵が強調したことの中で重要なのは、「労働力の商品化」、いいかえれば、「賃労働」があるかぎり、資本主義にとどまるということです。それはソ連のように企業が国有化されて、労働者が国家公務員のような形態になっても同じです。資本主義を揚棄するには、労働力商品を揚棄しなければならない。これがどういうものなのか、僕は長い間よくわからなかった。宇野も具体的には何もいっていません。九八年ぐらいに、僕はそれがわかったと思った。

たとえば、マルクスは「フランスの内乱」で、パリ・コンミューンを称賛し、アソシエーションのアソシエーションこそが可能なるコミュニズムなのだといっている。アソシエーションとは生産協同組合のことですね。それはプルードン派と同じ考えなのです。パリ・コンミューンをリードしたのはプルードン派です。その後の『ゴータ綱領批判』を読んでも、マルクスの意見は変わらない。彼は国家によって協同組合を保護し養成するというラッサール派の綱領を批判している。それは逆であり、生産協同組合のアソシエーションこそが国家に取って代わるべきだというのです。彼の考えでは、労働者や資本家というのは、生産－消費協同組合の中で消えるわけです。賃労働（労働力商品）が消えるのもそこにおいてです。なぜなら、協同組合では労働者も経営者ですから。

こういうイメージは、個々の生産者（労働者）が協同して生産するというマニュファクチャーから来ていると思います。マニュファクチャーには二通りあります。生産者が連合する形態と、商人資本が労働者を雇ってやるという形態。後者が支配的になったのが産業資本主義ですが、それに対抗して前者の方から生産協同組合ができた。それが初期社会主義ですね。この当時の労働者にとってプルードンのいうことはわかりやすかったはずです。ところが、それをプチブル的と罵ったのがエンゲルスです。もちろんマルクスもプルードンを批判していますが、今いったように、プルードン派の言い分をほとんど受け入れています。ところが、エンゲルスは、プルードンや協同組合を徹底的に嫌い軽蔑した。彼は一九世紀後半のドイツの重工業化を見て、むしろ巨大な独占資本に「生産の社会化」を見たわけです。そして、それを国営化すれば一撃で社会主義となると考えた。したがって、彼はむしろ大企業を歓迎し、生産協同組合なんてプチブル思想だとやっつけた。

エンゲルスがそういうことをいったのは、やはり産業資本主義が重工業の段階に入ったからですね。ドイツ、日本でもそうですが、重工業は国家的な巨大資本でないと無理だった。それができなかったため、それまで圧倒的な優位にあったイギリスの資本主義は以後遅れてしまうのです。そういう国家的な独占資本からみれば、プルードンの社会主義なんてチョロい、ということになった。二〇世紀にはそういう見方が支配的でした。しかし、一九九〇年代になると、大企業も細分化した組織のアソシエーションという形に切り替えつつあります。そもそもベンチャーと呼ばれているような企業などはアソシエーションみたいなものです。ビル・ゲイツなんかもそうだった。彼は大学生のときに三人でアソシエーションとして企業を始めた。しかし、それは情報産業だから可能なんですね。三人で重工業は始められないですよ。

――規模の問題というのはやはり大きいわけですね。

一九三〇年以降は重工業というよりも電気製品や自動車などの耐久消費財ですね。それから、九〇年代になって、いわば情報産業が主要産業となった。それによって、一二〇年前の段階がむしろリアルになってきたと思う。一二〇年間ずっと無視してきたことが案外身近に見えてきた。そういうことも僕の転回の背景にはあったかもしれません。現在は、マルクス主義者は、市場経済を認め、不平等や弊害を国家による再分配によって解決する社会民主主義ということに帰着した。しかし、宇野がいったように、労働力商品の揚棄がないと、資本主義の揚棄にはなりません。ではどうすればいいかといえば、結局、協同組合しかないのです。そして、それをマルクスが何度も強調している。それなのに本気にされなかったのは、やはり重工業中心の時代のせいではないかと思います。

ネーションの構造

――先ほど、上部構造・下部構造というモデルで国家やネーションを考えていたときには、まだそれらが何かよく分からずに批判をしていたというお話がでました。いくつかの交換のモデルを出すことにより、それらがどのように連接しているかという問題を明確にたてられるようになってきたということですね。ある意味では、単なる否定としての国家批判が先進諸国のイデオロギーになってしまっているのは、国家を概念規定することがそこには欠けているからだと思います。そこを補うかたちで、国家を原理的に考えようという方向に柄谷さんは向かった。国家を単に否定して廃棄しようとしても、それはより強力に復活してしまうんだということを『トランスクリティーク』ではいっています。

ただ、僕は『トランスクリティーク』では国家についてはそんなに論じていないんですよ。僕がいったのは、国家論を史的唯物論のような見方からではなく、マルクスの『ブリュメール一八日』から考えるということです。マルクスは『ブリュメール一八日』において、『資本論』と非常に似たやり方で国家を論じています。ボナパルトは、一度殺された絶対君主の再現として皇帝になった。つまり、現代国家を考えるとき、絶対主義国家から考えなければいけない。それは資本主義を考えるとき、商人資本主義、あるいは重商主義から考えなければならないという僕の考えに対応するものです。今の国家をどんなに精しく分析してもわかりません。そのためには、いわば「精神分析」的な遡行が必要なのです。国家も資本主義もそれぞれ固有のロジックを持っているわけですが、それらを見極めるということは、先ほどいったように、交換の原初的形態に遡行するということになります。

——固有のロジックを見定めるといった理論の立て方は、国家を考えるうえで非常に大事だと思います。今は、それなしで単に国家を否定していればいいみたいな話になっている。

このことは、ネーションをどう考えるかという問題にもかかわってきます。つまり、交換の異なるロジックとして国家や資本を考えることで、ネーションの捉え方も変わってきたと思うんですね。これまでだと、むしろ表象や言説のレヴェルでネーションを捉えていたものが、それ以降は異なる交換の連接の仕組みとしてネーションを考えるという形になる。

『ネーションと美学』で書いたことですが、ネーションというのは「想像の共同体」というよりも、むしろ想像力（構想力）そのものなのです。カントによれば、想像力は感性と悟性を媒介する能力ですが、ネーションとは国家と経済（市民社会）を媒介する想像力なのです。僕はそれらの結合としての資本＝ネーション＝ステートを、ラカン風にボロメオの環になぞらえた。つまり、その一つでも外すと壊れてしまう。ところで、こういうネーションが論じられたのは、想像力が論じられたのと同じ時期です。一八世紀後半、カントの後のロマン派からですよ。だから、ネーションが想像物だなどという議論は、あまりにも単純すぎる。想像力そのものが歴史的な概念なのです。

――そうですね。それぞれの固有のロジックを見定め、それらがどのように歴史の中で結びついてきたかを考えることが重要だと思います。固有の力、固有のロジックという観点に立つということは、歴史を考えるということにもなるわけです。国家について論じようとするとき、多くは現在の国家形態を国家のプロトタイプへと無根拠にあてはめてしまいます。そうした陥穽におちいらないためにも、国家に固有なロジックを抽出し、それの展開として歴史を考えていく。すると、ある時点でそれがどのように他のロジックと連接したかをとらえることができ、それによってはじめて現在の形態ができたということを把握できると思うんですね。

そうですね。もう一つ『トランスクリティーク』のときにははっきりしていなくて、後で意見を変えたことがあります。そこでは、共同体が解体した後それを想像的に取り返したのがネーションであると書いていた。しかし、『ネーションと美学』の序説では、第四のXが重要になってきます。単なる共同体の再建などではネーションはできません。たとえば、フランス革命のように友愛という普遍的な理念があったからこそ、ネーションができたんですね。

——いわゆる共同体的な交換からはみ出す要素をネーションは持っている、と。

もし共同体的な連帯ならば、種族・部族的な集団になってしまうと思う。日本でいえば、「俺は長州藩だ、会津藩だ」とかいうのと同じです。それらを超えたことをいおうとするとき、それはエスニック的な民族ではなく、普遍的な理念をもったネーションというものになります。

そのとき、友愛というような観念が先行していないとネーションは成立しない。フランス革命の場合、最初は市民という概念はフランス語とも民族性とも関係がなかった。それがまもなく、ネーション（民族）になっていったわけです。もっとさかのぼって考えると、たんに部族的、共同体的なところには友愛はない。市場社会にも友愛はない。それが出てくるのは、第四の場、Xですね。それは、共同体を拒むという意味では、市場社会の肯定であり、同時に、共同体を求めるという意味では、市場社会の否定です。普遍宗教はそういうものとしてあらわれた。イスラム教もそうです。

しかし、宗教は拡大すれば、かならず国家あるいは帝国に吸収されてしまう。それが本来持っていたものを失ってしまう。にもかかわらず、その「テクスト」には本来的なものが残っていますから、Xという場に再現される可能性がある。逆にいうと、Xという場におこった運動はむしろ宗教的なかたちであらわれる。たとえば、イギリスの一六四八年の革命にしても、結果的にブルジョア革命なのですが、本来、宗教的＝社会的な革命でした。イランでおこった革命も同じです。最初は強烈に反国家、反資本主義でした。また、シーア派だからナショナリズムも否定する。つまり、国家、ネーション、資本に対して、ウンマという共同体（アソシエーション）が存在するわけです。しかし、それは結局、ホメイニのような聖職者が支配する教会国家になってしまうのです。

——その場合、否定されているネーションというのは、ヨーロッパ的に世俗化した形でのネーションであって、それを宗教的な紐帯で乗り越えようというわけですね。

しかし、宗教によって資本主義や国家を乗り越えることができるようにみえても、逆に、本当の乗り越えがそれによって妨げられるのです。マルクスは、宗教を廃棄するためには宗教の要求を実現しなくてはならないといった。しかし、そのあとに、宗教の要求を実現するためには、宗教を廃棄しなければならないといっています。だから、宗教によって国家や資本を越えることを目指すのは危険です。たとえば、イラン革命の場合、シャリアーティのような理論家は、マルクス主義では圧倒的にイスラム教徒である大衆を動かせない、だから、コーランをマルクス主義化してしまえ、という発想を持っていた。そして、確かにそれで大衆をつかめたのですが、宗教に依存したツケを支払わないといけなくなった。彼はイラン革命の前に死んでいたから、それを目撃しなかったけれども。

――ネーションと宗教の話の続きでお伺いしますが、柄谷さんは両者の関係について、ネーションが宗教と同じような構造を持つとたびたびいわれていますね。ネーションが本当に形成されるには、ネーションのために死ぬことが逆に永遠に生きることになるような感情が形成されなくてはならない、と。要するに生と死の意味を与えるということです。それができるようになってはじめて、ネーションも永遠の同一性のなかに個人を位置づけることができる。こういったネーションと宗教の関係からいえば、近代以前の帝国における普遍的な紐帯としての宗教が、近代国家においてはネーションとしての紐帯になってくる、とこう考えられるのでしょうか。

そういっていいと思います。ベネディクト・アンダーソンの考えについて一ついっておきたいことがあるのです。彼は、宗教が啓蒙主義によって否定され、代わってネーションが出てきたという考え方をしますが、僕はそのことで宗教が衰退したとは思わないのです。宗教は個人主義的なものとなっただけですし、むしろその意味では深化していると思います。衰退したのは共同体の中で機能していた宗教です。実際は、それは共同体の宗教そのものです。たとえば中世ヨーロッパの人たちは死んだら天国へ行くと思っていたでしょうが、その場合、それは日本の村共同体で人が死んだら裏山に行くというのとさほど違いませんよ。村の人々は死んで天国に行ったら、そこに村の人々がいると思っていたはずです。そのような共同体を壊したのは、啓蒙主義ではなくて、プロテスタンティズムですね。その段階では、すでに共同体の繋がりがなくなっている。啓蒙主義者が活動したのはそのあとです。すでに共同体をもたない孤独な人たちがさらに宗教を否定したら、どうなるか。彼らがネーションに向かったとき、それは宗教の代理というよりも、「共同体」の代理を求めたということですね。

——宗教のあとにネーションが来たというのはアンダーソンの意見ですが、それはやはり少し単純ではないかと思うんですね。どういう点でかというと、宗教から政治的なものが自律化することによって近代の主権国家ができましたが、その自律化によって国家と宗教はライバルの関係に入る。

個人からすると神のために死ぬのか、あるいは国家のために死ぬのかという選択の問題が出てくる。国家は、個人が神のためではなく国家のために死ぬようにしなければならず、そこから逆に宗教的なものを取り入れないといけない。そういったライバリティというものが近代以降もずっと続いているわけで、単純に宗教のあとに啓蒙主義がきてネーションがきたとはいえないはずです。

だから、歴史的な順序で考えるのでなく、構造として考えなければならない。地域によっても違いますね。同じ西ヨーロッパでも、ドイツの例を採るのとフランスの例を採るのでは違う。絶対主義国家に関しても、フランスは非常に早い。絶対君主の下での臣民(subject)が、ブルジョア革命によって主体となる。ところが、ドイツでは絶対主義国家が成立しなかった。それは日本の徳川体制のような感じでした。そして、ドイツがプロシアによって統一されたのは、日本の明治維新よりも四年あとです。そういったドイツの分裂状態の中でネーションネスを形成する役割をしたのが、ドイツ語・ドイツ文学だった。あるいはロマン派であった。徳川時代の国学者、本居宣長が「もののあはれ」を唱え、漢字や漢意(からごころ)を批判したのは、それと似ています。日本のケースを考えるときでも、フランスやイギリスをモデルにするよりドイツをモデルにした方がいいと思う。おおかたの後進国に当てはまるしね。

――ネーションが出てきた構造が見えやすい、ということですね。フィヒテなんかは、民族が永遠の存在であることをどう立証するかということに非常に情熱を注ぐわけです。そこで言語の透明性といった話が出てくる。

ドイツでは、フィヒテからハイデガーにいたるまで、ラテン語とラテン語的思考による汚染からドイツ人を解放し純化せよという主張がありますね。日本の場合、宣長が同じようなことを漢意批判として語ったのです。

国家と暴力

――国家の定義についてなんですが、柄谷さんは国家の固有の基盤を収奪と再配分という交換の形態として考えておられますね。国家の存在が本質的に強奪・収奪にあるというのはその通りだと思うのですが、ただ、国家が再配分をするというのが国家の定義にとってどこまで本質的かというのは議論の余地があると思います。というのも、あらゆる国家が再配分するわけではないからです。再配分できる状況がある場合に限って再配分をする。要するに、再配分することによってより大きな富を収奪できる構造が社会に存在してはじめて国家は再配分をするようになると思うのですが、その場合は、再配分のほうは状況依存的であり、むしろ収奪を可能にする暴力の蓄積という方に国家の固有の運動があると思うのですが。

そうです。僕は先ほどいったように、交換の三つの形態の区別に関して、ポランニーの考えを受け継ぐと同時にそれを批判しています。つまり、ポランニーがいう再分配は二次的なものです。収奪があってこそ再分配がある。国家は持続的に収奪しなければいけないからこそ、再分配するのです。

――そこですね。それが一番問題で、国家の支配が安定化するためにはずっと収奪しているだけでは駄目、あるいは収奪をするたびに暴力に訴えていては駄目で、自動的に住民が税を納めてくれる状況を作らなければならない。

だからむしろそれが交換というか、互酬制のように見えなければならない。

――それは、ヘーゲルが主と奴の弁証法で示したような構造、最初は生死を賭けた暴力の関係だったものが承認の関係に移ることによって安定した支配関係になるという構造と相同的なものですね。単なる剝き出しの暴力だけでは、収奪は成り立っても持続的な国家は成り立たない。言い換えるなら、自発的に住民が服従するような暴力の構造化がそこには必要なわけです。

別の話ですが、日本の右翼に関して彼らの暴力が怖いといわれますが、しかし滅多に暴力を行使していないんですよ。

——むしろ恐いというイメージを与えることが重要なわけですね。どんな暴力集団でもつねに暴力を行使するのは経済的には効率が悪いわけです。

信用は国家に拠らない

——収奪した富を再分配するという形態が重要になるのは、やはり資本主義の中においてだと思います。なぜかと言えば、国家は富を再分配することによって市場での資本の増殖を起こりやすくし、それによって収奪できる富がさらに大きくなるようにするからです。ですから、どうしても資本主義と国家の関係へと話が向かわなければなりません。まず、原始的蓄積と近代国家の関係について、柄谷さんは議論を展開されているので、それについてお話しいただけますか。

重商主義時代には露骨に国家のイニシアティヴがあったと思います。イギリスの産業革命にしても、その中でなされた。その意味では、ドイツや日本と別に違わないのです。

——原始的蓄積に関して、柄谷さんは国家の構成的な役割を強調していますが、それは非常に大事なポイントです。

しかも、僕は今でも国家が資本主義にとって重要な役割をしていると思います。アメリカの企業はたしかに多国籍ですが、アメリカ国家なしにやっていけるかといえば、いけないと思う。

――やはりドルを支えるアメリカ国家の権力と結びつかないと、あそこまで多国籍企業は展開できないですからね。ここから、原始的蓄積における国家の役割というものを理論的に位置づけることができると思います。柄谷さんは『トランスクリティーク』のなかで「交換可能性の権利を蓄積しようとする欲動は、本来的に、交換というものに内在する危うさから来る」と言っています。要するに原始的蓄積＝重商主義というのはお金を貯め込むということなんですが、そこで何を貯めているかというと交換できる権利を貯めているわけですね。そういう衝動がなぜ起きるかというと、そもそも交換に危うさがあるからである、と。そういった危うさという点から資本主義における国家の役割がいくつか導き出せると思います。

一つは、交換が単なる詐欺や盗みに変わらないように契約を守らせることです。ここから、暴力の審級が外部から強制するという事態がでてくる。経済的な要請から暴力によるサンクションが導き出されるという意味で、「経済的強制」といっていいものですが。

商品交換はマルクスがいうように共同体の中ではなく、共同体の外で、つまり、共同体と共同体の間でなされるわけですが、その契約の履行がどのように保証されるか。それを保証するのが国家ですね。さらに、国家間の交易においてそれを保証するのが帝国です。その意味で、帝国は一種の国際法的な秩序であったと思うんですね。その裏づけとして世界宗教があった。

——近代以前では教会や寺院が貨幣を発行していますね。国家が独占的に貨幣を発行するようになるのは近代国家になってからです。だから、柄谷さんのいう交換の危うさを、国家が全面的に担保するような仕組みができるのが、原始的蓄積における国家の役割ではないかと思うのですが。

そうですね。そして、その役割は継続されていると思います。僕は資本・ネーション・国家・アソシエーションという四つの交換形態が連接する構造を簡略化して図示しましたが（上図）、実はその連関のあり方は非常に複雑です。それぞれに主体性がある。資本は資本で動いているし、国家は国家で動いているのです。それでいて、相互依存的であり相互規定的なのです。資本・ネーション・国家に対抗するX、つまりアソシエーションも、それらとの連関の中で出てくるわけです。

――近代以前では交換を保証するものが一元的には存在しなかったのに対し、近代国家は暴力を独占するとともに、そうした交換を保証する強制力を一元化したといえるでしょうか。その強制力にもとづいて、国家はたとえば貨幣の価値を保証する、と。

それはそうですが、国家だけではそれはできないですね。たとえば、マルクスは『資本論』第一巻では、通貨が通用する力を国家に置いているところがあります。しかし、国家的な貨幣は日本軍の軍票のようなもので、決して機能しませんね。暴力団が来てモノを取り上げて「はい、おカネ」といって紙切れを渡すようなものです。ソ連のように国家権力が強くても、八〇年代にはルーブルは国内でも信用がなくて、ドルだけでなく、タバコのマールボローが通貨として流通していたらしいです。

マルクスは、『資本論』第三巻では、通貨の通用する力を、銀行信用、さらに商業信用にさかのぼって考えています。早い話が、銀行券banknoteというのは、銀行が発行した手形noteですね。かつては、そのような銀行券を出していた銀行が多数あった。イギリスでイングランド銀行が銀行券発行を独占するようになったのは、一八四〇年代のピール条例からですね。たとえば、ハイエクがいう通貨発行の民営化論は突飛なものではなくて、そういう過去の経緯に根ざしています。ただ、銀行券が商業信用から始まるとしても、商業信用自体が国家の支えがないと成り立たない以上、それが国家と別にあるとはいえません。だから、そのような連接があることは明らかですが、その前に、国家に由来するものと市場（商品交換）に由来するものとを区別しておく必要があるのです。

――国家の強制力と信用力とは一致しない、つまり価値や信用の源泉を国家によって一元化することはできない、と。

そうですね。特に、国家間の交易においては、強制力は機能しない。金や銀が世界貨幣として通用するのは、国家と関係がありません。各国は、その通貨が通用する力の保証を国家権力ではなく世界貨幣の保有に求めてきた。それが重金主義ですね。重金主義をあざわらっても、国際的な交易と決済においては、金《きん》が必要なのです。現在では金はもう必要ないかのように見えますが、僕はそんなことはないと思います。一九七一年にアメリカがドルの金との兌換制をやめましたが、それはフランスがドルを金に換えたために金が流出したからですね。金がどうでもいいのなら、金が流出したってかまわないはずです。基軸通貨であるためには、金が必要だということを、フランスもアメリカもわかっているから金を準備しています。その点でいえば、日本が金をもたないのは、円を基軸通貨にする気がないからでしょうね。

——その場合、近代国家は自分たちの独占した暴力によって信用を支えようとするが、それには限界があるということですね。

そうですね。その意味で商品交換によって形成される信用というレヴェルには、独自の力があると思う。国家だけではそれはできませんね。

——資本主義における国家の役割として、私有制の保護というものがあると思います。というのも、各人のものを奪ってはいけないというのは、まず国家が暴力をつうじて各人から奪うことで、それ以外の強奪から彼らを保護するという形でしか成り立たないはずですから。その所有権の保証という点に関して、暴力の審級がどうしても不可欠になる構図があると思います。

そうですね。

——そうした所有権の保護といった国家の役割は、資本主義そのものが成立するための条件を整える、ということにかかわっていますね。要するに資本主義というものは自分の条件を自分で創りだすことができない。よく市場の外部や限界ということがいわれますが、そこを整備することに国家の役割があるのではないか。その点に関して柄谷さんは『トランスクリティーク』のなかで、「『資本論』は、資本が世界を組織しながら、同時にけっして自らの限界を超えられないことを明るみに出す」と書いています。要するに市場の限界がどこにあるのかということを示すわけですね。この意味で『資本論』は国家を積極的に論じてはいませんが、国家が機能する場所は指し示しているといえるでしょうか。

資本主義の限界として、それが本来商品にならない自然、いいかえれば、土地と人間を商品化する擬制に成り立っているということがいわれます。その場合、自然や人間の生産と再生産を担当するのが国家だということができますね。最近ふと、こういうことを考えたのです。たとえば、リカードの主著として『経済学及び課税の原理』という本がありますが、彼は冒頭から地代と利潤と労賃を論じています。この三つが三つの階級を作る。地代は土地所有者、利潤は資本家、労賃は賃労働者ということですから。これらが三大階級となるわけですね。マルクスも『資本論』でこのようなリカードの見方に従っています。しかし、リカードはそのあとに「課税」ということを論じている。これはいうまでもなく国家のことです。アダム・スミスも『国富論』として本を書いた。彼らのポリティカル・

エコノミーというのは日本語で「国民経済学」と訳されていますが、確かに、ポリス（ネーション＝ステート）の経済学なのです。ところが、マルクスの『資本論』では、税金あるいは国家が省かれている。なぜそうしたのか。一口でいえば、世界資本主義を純粋なかたちでとらえようとしたからです。そこで、彼らは経済的カテゴリーとして三つの階級を見出した。しかし、その結果、マルクスは一つの〝階級〟を見落としたのです。それは税を徴収し、再分配する階級、つまり、官僚機構です。実際、これは厖大な人口を占めています。それを削減するのは困難です。それはそれ自身のために存続しようとするからです。それが国家の実体だと思う。このような実体を無視して、国家について抽象的に語る議論は無効だと思います。

――もう一つ、資本主義の限界といえば、恐慌の必然性がありますね。そこでも国家の役割は観察できます。要するに恐慌というのは、広くいえば、既存の資本の周期的な価値低下のことです。それをどう乗り越えるのかというときに国家が介入してくる。この場合、国家は、資本が有効に価値増殖できるような回路を設定しようとするわけですね。柄谷さんは『トランスクリティーク』の中で、資本主義に内在する恐慌の必然性についてくりかえし述べています。そこでは国家と資本主義の関係はどのように考えることができるでしょうか。

恐慌（クライシス）は日本語で考えるとパニックという側面が強くなる。それよりも考えるべきなのは景気循環としての不況の方だと思います。一九二九年恐慌とかそういうものを避けさえすればいいかのように思っている人が多いのですが、怖いのはむしろその後の不況のほうです。その意味では、現在の不況の状態は恐慌があったのと同じようなものです。日本経済はもう一〇年以上もがいていますが、二九年恐慌から第二次大戦までもそれぐらいだった。三〇年代の不況は長かったという印象がありますが、現在の不況も十分に長い。このような長期波動的な不況に対しては、国家はどうすることもできないと思います。倒産による資本と労働の再編成を待つだけですね。一九三〇年代の不況において、アメリカの経済が持ちなおしたのは日米戦争からです。つまり、戦争経済によってです。ニューディール政策なんかは実際にはぜんぜんうまくいっていない。むしろナチの方がうまくやっています。

――そのまま戦争経済体制へと突入していきましたからね。つまり、ナチズムでもアメリカでも、恐慌を克服できたのは戦争経済によってである、と。

ドイツは一九三四、五年にはほとんど失業率ゼロとなった。これで誰もヒトラーを侮蔑できなくなった。それまでは、多くの人が、何だ、この馬鹿は、と思っていた。ブッシュが出てきた時みたいに。しかし、なんといおうと、経済政策は成功した。その点から比較して、ニューディール政策は何もできていない。僕はそれはたんに神話だと思っています。ケインズ主義についてもそうですね。ケインズの理論にはイギリスの歴史的文脈があって、金利で食っている階級との闘争という面もあります。しかし、国家による経済への介入というのは、イギリスやアメリカの自由主義的伝統の中では画期的な理論だったかもしれないが、ドイツや日本ではそれははじめから当たり前です。だから、彼らは知らない間にケインズ主義を実行していたということになる。

マルクスが考察した恐慌は約一〇年周期の短期的な景気循環です。それは今もあります。しかし、長期的な景気循環を考えたのがコンドラチェフですね。彼はスターリンに粛清されたけれども、当然マルクス主義者です。現在の経済学者はそれを隠そうとしていますが。何だかんだいっても、まともに資本主義について考えようとしたら、マルクスあるいはマルクス主義者に依拠するほかないんですよ。長期波動の原因は、資本主義の段階を変えるような根本的な技術革新にあると僕は思います。現在の技術革新は、通信や流通の短縮という方向でなされている。企業や労働の再編成がなされるのに、時間がかかるのは当然です。

――技術革新というお話が出ましたが、技術革新も資本主義がみずからの内在的な危機、つまり既存資本の周期的な価値低下を乗り越えていく一つの方法ですね。技術革新がおこると新しい産業分野ができ、そこに利潤率の高い資本が形成される可能性がでてくる。現代でもその新しい産業分野を育成するのに、国家が積極的に介入するということがおこってきます。

それは明らかですね。

――とくに今は、新しいテクノロジーへの需要を高めるために、セキュリティ産業への肩入れが国家によって行われています。住基ネットなども、国家が住民管理を一元化しようとする側面とともに、新しいテクノロジーにもとづく、利潤率のより高い産業分野を国家の治安活動をつうじて拡大していくという側面もあります。

国家の民営化について

アメリカが八〇年代から変わってきたのは、それまで国家がやってきたことを大幅に民営化したことですね。たとえば、大学の研究者がその仕事で特許を取れるようにした。大学が企業のようになった。知識の領域で、非常に私有化が進んでいるわけですね。そのような現状から思えば、発明・発見を学会で公開してしまうというのはまったくコミュニズムでしたね。僕は近代科学の特性は何よりも知識の公開性にあったと思います。呪術は知識を隠しますから。その意味では、科学的精神が消えつつあると思いますね。日本も近年急激にそうなってしまった。知識の私有制は一国家内部ではすまない話ですからね。

――いわゆる主権国家を対象とした国際法ではない、別の国際的なルールをもとにしたレジームが出現してきている。

そうですね。商品交換の論理が浸透したということです。これまで市場とは別になっていた国家が資本主義化されている。しかし、もちろんそれで国家が消えるわけではないですが。

――国家はそこで新しい役割を担うだけであって、決して消えることはないわけですね。それはここまで議論してきたように、資本主義における国家の役割はなくならないということでもあるし、また、知的所有権を保護するという国家の役割があらたに出てくるということでもあります。

国家の民営化にかんしていうと、そういった流れは、国家の暴力にかかわるレヴェルでも進行しつつありますね。たとえばイラク戦争を例にとると、特徴的なのは軍の活動のアウトソーシングです。たとえばアメリカ軍の衣食住の世話を外部の企業に委託する。あるいはイラクの新しい軍や警察の訓練を民間会社に委託する。そんな中でチェイニー副大統領がかつて社長をしていたハリバートン社が、委託事業を独占し、さらにデタラメな水増し請求をする、といったこともおきてくる。こうなるとほとんど国家の民営化というより国家の私物化ですが、ともかく今回のイラク統治のなかでは、そうしたアウトソーシングの傾向が非常につよく出てきました。たとえばファルージャで殺されたアメリカの「民間人」は、実際にはアメリカから外部委託された警備会社の元軍人の職員で、軍が国際法上できない非合法的な活動を担っていました。こうした軍事活動の民営化は、逆に国家の暴力をコントロールしにくい状態を生みだしているのではないかと思われます。

アメリカではもともと民営の警察がありますからね。僕が昔住んでいたコーネル大学の近くの住宅街では、民営の警察がつねにパトロールしていまして、住人以外の者がそこを歩いていると誰何され、怪しいとすぐに連れて行かれた。もう一つ、カリフォルニアの南の方にあるオレンジカウンティという所に居たことがありますが、町で黒人をまったく見かけなかったのです。なぜ居ないのか？　と聞くと、居たらすぐに連れて行かれるといわれた。そういうのも警察のアウトソーシングのようなものですが、日本のガードマンと決定的に違うのは、彼らが銃を持っているということです。

いずれにしても、軍隊の民営化というのは、近代の国民軍以前の軍隊、つまり、傭兵と同じですね。フランスにはそれがまだ外人部隊として残っています。しかし、現在のアメリカ軍の兵士も、事実上、外人部隊ですね。彼らの多くは市民権が欲しくてやっている。

――あるいはたとえ市民権は持っていたとしても、たとえば大学にいくための奨学金を得るために軍隊に入るとか、そういう形ですね。

そうですね。だから、アメリカのリベラルな政治家で、徴兵制を主張している人がいます。というのは、そうなれば、ベトナム戦争の時のような反戦運動が生まれるからというんです。

――そういった軍事活動の外部委託が進行するのと同時に、公戦と私戦の区別が無くなってきたということがあると思います。「テロとの戦争」というのはいわゆる犯罪者を主権国家の戦争の相手にしてしまうわけですから、プライヴェートな敵をパブリックな国家が攻撃するという形になりますね。そうすると近代国家を支えてきたようなパブリックな暴力とプライヴェートな暴力の区別が溶解しつつあるのではないかという印象を受けます。

その点で、カール・シュミットがパルチザンに注目していたことを思い出すのです。彼はナポレオン戦争のころスペインで始まったゲリラ的闘争を考察していますが、本当は毛沢東のことを強く意識していたと思います。正式に国家ではない相手との「戦争」をどう考えるのかという問題がその頃から出ていたわけですね。

——シュミット自身は主権国家の間のパブリックな戦争こそが正規の戦争で理想的な状態だといっていますね。

しかし、事実上は非正規な軍や国家との戦争が多いのです。

——そもそも近代の段階でも、それ程はっきりとパブリックな暴力とプライヴェートな暴力が分かれていたのかという問題はあります。しかしシュミットがパルチザンの形態として想定していたのは、おなじ領土内における非国家的な敵ですね。他の国家領土における非国家的集団を、主権国家が戦争の相手とみなすというのは、それなりに新しいことなのではないかと思うのですが。

そうですね。それは考えるべきことだと思います。

対抗運動としての非暴力

たとえば、人は誰でもテロはよくないという。しかし、国家によって独占された暴力を使えば平和的で、それに対して戦えば非合法なテロリズムということになるのはおかしい。テロはまったく許されないのか。それに対して、福田和也は『イデオロギーズ』(新潮社)で、ソレルやフランツ・ファノンを引用して、暴力に、倫理性を回復する契機を見出せるのではないかと書いています。少なくとも、たんなる平和主義や人間主義でそれを片づけることなどできない、と。それはその通りだと僕も思うのですが、やはりテロリズムはだめだと思う。テロリズムには「目には目を」という互酬制の論理があります。しかし、僕はもっと別の互酬制の論理があると思うのです。たとえば、イエスが教えたような、「汝右の頬を打たれなば、左の頬をさし出せ」というものです。これが非暴力です。非暴力というのは受動的なものではない。右の頬を殴られれば、殴りかえすかわりに、左の頬をさし出せというわけだから。ガンジーの非暴力主義もそうでした。しかも、彼は殴られるところをマスコミをつかって全世界に宣伝した。これには勝てないですよ。

少し別の話になりますが、明治維新直後に堺事件と呼ばれる攘夷事件があった。堺に入港したフランス軍艦の水兵が上陸し周辺住民に乱暴を働いたため、土佐藩兵が襲撃して殺傷したという事件です。新政府はフランスと事をかまえるのを恐れて、土佐藩士に切腹を命じた。そのとき、土佐藩士は抗議したり反撃したりするかわりに、フランス側の前で次々と腹を切ったのですが、フランス側はまっさおになって「もうやめてくれ」といった。だから、切腹は一一名でストップしたということです。これは相手に対して暴力をふるったわけではないから、非暴力といっていい。とにかく、非暴力によって相手を参らせる方法が一つあります。それは全面武装解除です。たとえば、アラブ全体が協議して武装を放棄すればいい。そうすれば、先進諸国は武器が売れなくなる。

——それは先進国の軍需産業にとっても困る。

彼らは戦争して欲しくてしょうがないんだから。また、武装しない国に軍事的に介入することは許されない。世界中のマスコミが報道しますからね。これはテロリズムより有効だと思うし、未来を感じさせるやり方だと思う。

——シエラレオネのような国ではダイヤモンドの利権をめぐる内戦がずっとあって、武装勢力は、そのダイヤモンドを輸出したお金で武器を買う。先進国側は武器を売りながらダイヤモンドを買うという形になっていて、先進国側からすれば内戦をずっとしてくれていた方がいいということになる。

アフリカなんかでは、そういった状態で理由もわからずに殺しあっている。だから暴力に対して暴力で対抗することでは駄目だろうと思います。その意味で僕は、非暴力を、Xという場での対抗運動として見ています。国家は暴力で来るだろうけど、対抗運動は非暴力だ、と。暴力による対抗運動は別の国家を作るだけですから。ガンジーがいっていたと思いますが、非暴力というのは恐いんですよ。非暴力というとせせら笑うような男がいますが、非暴力を徹底するとすごいのです。暴力によってアメリカに対抗することはできない。そんなことは馬鹿げている。だったら、全面的に武装解除してやろうじゃないか、と。それが十分な対抗運動になると思う。

国家は超自我を持つ

――柄谷さんは『ネーションと美学』の中でカントとフロイトを論じつつ、攻撃欲動がいかに実際の暴力に向かわずに、ある意味で昇華されるかという議論を展開されていますが、それもまた非暴力の実践にかかわるものとして提起されているのでしょうか。

そうですね。国家がいわば超自我をもつようにすることですね。主権を制限するのはそういう超自我です。

——おっしゃるように、一方で国家の暴力の論理に対して非暴力の論理を出すという選択があると思いますが、もう一方で暴力の格差はそれでは消えないのではないかという疑いは残ります。暴力によって富を収奪するという運動がなくならない限り、暴力を持つ者と持たない者、暴力を組織化した側とそうではない側の格差は消えないのではないでしょうか。

それはそうです。しかし、国家は別の国家に対しての国家なので、内部だけで論じることができない。ロシア革命の中で、レーニンは国家の死滅について書きました。しかし、革命と同時に、他国の干渉と侵略があり、それに対して国家的に防衛しなければならなかった。だから、アナーキストのように国家を否定するといくらいってもだめです。外国があるのだから。その意味で、国家の揚棄という問題は、国家間の関係からも考えていく必要があると思います。たとえば、現実的には国連も大事です。国連のことをよくカント主義的であるとかいいますが、カントはもっとラディカルで、彼のいう「世界共和国」は国連ではありません。国連は主権連合ですが、カントの「世界共和国」では、各国の主権が放棄されている。しかしカントは過渡的には主権国家の連合でもやむを得ない、といっている。そういう意味でなら、僕は国連に各国主権を超えた権限を与えることはいいと思います。しかし、他方で、Xの次元で実現される国家の揚棄という展望をもっていないといけない。そうでないと、それは帝国のようなものになってしまう。

――そうですね。実際に暴力の格差があるという状況の中では、暴力を独占した審級をいかに制限していくかという問題をはずすことはできません。そしてそのうえで、暴力を超える論理をいかに創りだしていくかということがアクチュアリティをもつようになる。

先ほどいった「国家が超自我を持つ」という現象は、戦後日本の憲法第九条のようなものですね。フロイトは前期には、超自我は親や社会から押しつけられた規範が内面化されたという見方をしていましたが、後期には、それは自らの攻撃欲動が内面化して生じたという見方を出しています。そのようにいうとき、僕は、フロイトは第一次大戦後のワイマール憲法のことを考えていたのだと思います。それは外から押しつけられた強制だから、そのような文化から解放されなければならない、自然に帰れ、という世論の中で、フロイトは憲法を擁護しようとしたのだと思うのです。たとえば、日本では、戦後憲法をアメリカ占領軍に押しつけられたという議論がいつもなされています。ドイツではそういう議論は絶対出てこない。その理由はこうです。ドイツでは第一次大戦後のワイマール憲法が、日本の第二次大戦後の憲法に該当するのです。ドイツでは、それを嘲笑し廃棄してナチになった。だから、もう二度と戦後の憲法は外から押しつけられたから廃棄する、などとはいえない。ところが、日本はもう一度失敗を繰り返さないと、戦争放棄を自らのものとして確認できないでしょう。

その意味で、アメリカもベトナム戦争のあとで、やや「超自我」を持ちかけたことがあった。ところが、湾岸戦争を通して、国家が「健康」になってしまった。今度重大な失敗をすることで、もう一度「超自我」を回復するかもしれません。アメリカはいずれヒロシマの問題に直面しますよ。アメリカは核戦争をやった国なのです。このことをいわれると、多くのアメリカ人が血相を変える。それは日本人が南京大虐殺のことをいわれるときと似ています。彼らはただちに、原爆投下によってアメリカ兵および日本人を救ったのだと弁解する。もちろんそれは嘘です。あの機会を逃すと核実験ができなかったし、またソ連に自らの軍事力を見せつける絶好の機会を逸することにもなったからです。しかし、そういう過去について真実を認める時期が必ず来ます。

環境と第三世界

それとは別にアメリカがずっと避けているのは環境問題ですね。環境コストは国家に持たせて、資本は環境を破壊しているだけです。

——無料でかつ無尽蔵にさまざまな物質を提供してくれる自然がないかぎり、資本主義は成立しませんからね。

それが本当に限界があるんだということが分かってきた。人間の問題と自然環境の問題には限界があります。そのとき資本がそれを負担しなければならない。それくらいのところまでいくと思います。そうなると利潤率を確保できないですから、やはり資本は負担しないと思う。すると、すごい闘争になる。ところがアメリカ人はそのことをぜんぜん切実に考えていない。この間ブッシュが演説で「私は環境のために闘ってきた」とかいっていましたが、それは自分の近所の湖とかの話をしているだけで、何も分かっていない。

——そういった自然の資源の枯渇が資本主義の根源的な矛盾にまで達するのか、あるいはその前に、大気の組成が完全に変わって人間が生きられる状態ではなくなるのか。

資本主義は価値増殖が不可能になったら終わるということはないですね。つまり、ほうっておいたら自壊するということはない。資本は、人間や自然環境などどうなってもいいから、存続させようとするに決まっています。たとえば、僕は前からそうとしか思えないのですが、アメリカ・ヨーロッパ諸国は、実のところ、アフリカの人間はみな死んでもいいと考えているのではないか。

――エイズの薬の問題を考えても、アメリカはなかなか特許を解除しませんね。この点で、ネグリ＝ハートの『帝国』に関して若干異論があります。彼らは生－権力がいまの帝国の世界的な権力様式になっているといいますが、アフリカなどは世界的な生－権力の対象には入っていません。経済的な見返りがないところにはエイズの薬はなかなか届かない。またアメリカは、特許を盾にして、各国で安く薬を製造できないようにしている。つまり、アフリカは世界市場にとって無用な場所だということで、エイズ被害は完全に放置されています。それはほとんど自然災害というよりは人災です。だから、生－権力が世界を覆っているというのは間違いで、そこでは生－権力の対象になるべき人とそうでない人の境界線がはっきりある。というか、フーコー自身が述べているように、生－権力はそもそもそうした境界線を引くことを本質的な機能としてもっている。そうした機能に対し、『帝国』はあまり敏感ではない。

環境問題が本当に出てきたときの最初の犠牲者は途上国の人たちですよ。農業国では水がなくなれば終わりです。そういう破局が近いうちに来ると思います。僕の生きている間には起こらないだろうと考えていたことがすでにたくさん起こっていますから、あと三〇年くらい生きていれば、そういう事態に直面するかもしれません。

ネーションの位相

――ネーションについてもう少し伺いたいのですが。柄谷さんの位置づけによれば、ネーションは資本と国家が結婚した状態、そこで農業共同体が想像的に回帰することで成立したという位置づけになっています。その場合、回帰した原因とはどういうものだとお考えですか。

さきほどもいいましたが、四つ目のXの次元を入れないと、交換の三つの形態だけでは不十分です。普遍宗教は、よく原始キリスト教についていわれることですが、一種のコミュニズムですね。ネーションにもそういう相互扶助的、社会主義的な源泉があります。ネーションは資本と国家を媒介するものであり、その中から出てきた矛盾を解決するものです。ナチスやファシストが、マルクス主義に対してネーションを持ってきましたが、ネーション自体が社会主義なんですよ。

――和辻哲郎なんかもそうですね。彼が日本人の文化的共同性といったときに常に念頭にあったのはマルクス主義です。マルクス主義では超えられない日本人の文化的な同一性があるということで、それを批判した。日本のマルクス主義運動のなかには普通の日本人よりももっと日本的なものが現れており、その文化的同一性によって階級対立のシェーマを乗り越えていく、と。和辻によれば、その文化的同一性はマルクス主義を超える以上、資本主義の矛盾をも解決するものなのです。

だから、ネーションによって階級対立を超えるというのは突然作り出された理屈ではなくて、もともとネーションにそういうものがあったのではないかと思います。フランス革命で言えば友愛の次元ですね。この友愛がネーションの側に行ってしまったから、プルードンはそれをアソシエーションという形で取り返そうとしました。つまり、ネーションの位相から、Xの位相に戻った。

僕は前に書いたことがありますが、権藤成卿という農本主義思想家はアナーキストなのです。しかし彼は、国家以前の天皇を認めている。アナーキストが権藤を評価したのは理解できますが、石川三四郎をはじめとして天皇主義のところにまで影響をうけている。戦後になっても、天皇の下でアナーキズムといって、天皇の人間宣言に反対しているぐらいです。戦後日本の左翼は共産党の転向と戦争責任を猛烈に追及しましたが、アナーキストについては不問に付した。少数でほとんど影響力がなかったからだと思います。しかし、僕はこれにもっと注意を払うべきだと思うのです。ヨーロッパにおいても、アナーキズムはファシズムの重要な要素でした。

――それは現代においても垣間見ることができます。特にこのまえのフランスの大統領選挙で〔ジャン=マリー・〕ル・ペンが決戦投票まで進んだときがそうですが、彼の支持者の一部はアナーキストなんですね。いわゆる国家の否定が、既成政党や官僚の腐敗に対する批判という形でそのままル・ペンのアンチ国家、アンチEUというシェーマに乗ってしまう。もちろんすべてのアナーキストがル・ペンを支持しているわけではなく、それと闘っているアナーキストもたくさんいるのですが。

ナチでも、ハイデガーがコミットした突撃隊の一派などは農本主義的アナーキストだったと思います。イタリアのファシストの場合は、未来派などはもろにアナーキストだった。ネーションというものの源泉が今いったような意味で社会主義にあるとしたら、ネーションとアナーキズムにはつながりがある。要するに、連接的な構造をつかんでおかないといけないということです。

トランスクリティーク――移動する批評

――その制度的な背景としては、やはり国家と資本主義の関係があるわけですね。つまり、統一された国内市場を自由に移動するような均質な労働力の育成です。そうした労働力の再生産を保障するような社会政策を、国家は資本主義の浸透とともにとらざるをえなくなる。また、それは、国民軍を担うような兵士の育成にもかかわっています。つまり、労働力および兵士として国家に帰属するような国民の育成と再生産の保障ですね。するとそこでどうしても、柄谷さんが今いわれた相互扶助というか、社会主義的な連帯の論理が入らざるをえなくなる。その連帯によって国民生活を保障していくという形で。

マルクスはナショナリズムについて理解していなかったといわれます。それは確かですが、そのようにいう人たちもナショナリズムという事実があるといっているだけで、その根拠を示したわけではない。とはいえ、僕は最近になって、交換形態の差異と連関の中で考えるようになって、初めてこういうことがいえるようになっただけですが。

――想像の共同体というだけでは、そういった物質的な基礎や物質的なロジックを分析するところまで行けませんからね。

ネーションが幻想だとかいっても、現実の生活において問題が起きればみんなネーションに行きますよ。そこには一定の根拠があるわけで、それを必然的なものとして見ておかなければならない。

――それが『トランスクリティーク』でなされた理論的転回のもっとも重要なポイントだと思います。そこでは、単に想像であるというだけの国民国家批判からの決別が決定的になされた。八〇年代にやられていたような表象論は僕自身もやっていましたから、それに対する自己批判的な気持もありますね。

――もちろん表象のレヴェルがネーションの形成にかかわっていないわけではありません。ただ分析の軸をどこに置くかということで、理論的かつ実践的な態度としては、決定的に変わってくるわけです。

カントのやっていたのは超越論的仮象を批判することですね。古来仮象は感性によってもたらされるもので、それを理性によって取り除いていくのが哲学だということになっていた。しかるに、超越論的仮象とは、理性で取り除けるどころか、理性そのものがもたらすような仮象です。カントは自己の存在とか神の存在とかをその例にあげていますが、僕はネーションも貨幣もそのような超越論的仮象だと思います。つまり、単に貨幣を取り去ればいいということにはならない。たとえば、市場を否定すれば、国家がすべてやるということになってしまう。だから、いかに貨幣を廃棄しつつ、なお且つ貨幣によってなしえたことをなすかが問題となります。それがまさに貨幣を「揚棄」するということです。それは積極的な課題です。たとえば、カントは、理念は仮象だけれども統整的に働くといっています。カントによれば、歴史の理念はそのような超越論的仮象であって、人はそれなしにやっていけない。それを否定しても、実はこっそり別の理念をもちこんでいるのです。ところが、八〇年代から九〇年代にかけて、一切の理念を否定し嘲笑する人たちがいた。しかし、理念は仮象に決まっているのです。

——かつては理念の仮象性を指摘することがラディカルなポーズになりえた文脈があったのが、いまやそれは先進国の保守主義を代弁するものになってしまった、と。

七〇年代から八〇年代にかけてなされた批判やディコンストラクションが古くなったとは思いません。その状況では必要だったし、新鮮であったのだから。しかし、それさえあれば真理を握ったかのような思想やスタンスなんてものはありえない。たとえば、観念論が革命的な時期もあれば、唯物論がたんに保守的に見える時期もある。その点で、カントは相手が観念論のときは合理論から批判し、相手が合理論であれば経験論から批判した。マルクスも同様で、ドイツに居たらイギリスを持ってくるが、イギリスに居ればヘーゲルを持ってくる。こういう移動と転回が大事だと思う。観念論ならＯＫ、唯物論ならＯＫ、ということにはならない。ディコンストラクションならOK、ということにもならない。ディコンストラクションが責任逃れの遁辞のようになってしまう場合が少なくない。だから、僕は、そういう移動をはらむ批評をトランスクリティークと呼んでいます。

――そういった思想の構えが、ネーションや国家をたんに否定的なものとは見なさない、ポジティヴな方法へとつながったわけですね。ネーションというのは、それによって人々が動員され、社会的な関係が編成される一つのモードであり、そうした過程の総体は物質的なものです。

現在もいろいろなところでネーションや宗教が機能している。それを一つひとつ且つ、構造的に、注意して見るべきだと思います。今のアメリカはイラクに関して、というより、諸外国に関して信じがたいほど無知ですが、多かれ少なかれ、そのような無知を左翼も免れていないという気がするのです。

第三部　テクストの未来へ

インタビュー

1　イロニーなき終焉

聞き手　関井光男

『日本近代文学の起源』をめぐって

——『日本近代文学の起源』は日本の近代文学研究だけでなく、欧米の日本文学研究の風景を根底から変えた歴史的な著作ですが、驚嘆するのは、刊行後二十三年の歳月が経っている現在も、なお版を重ねて読まれていることです。これは『日本近代文学の起源』が普遍的な著作として新しい読者を獲得して読まれ続けているということです。その一方で同時代の文芸批評のほとんどが、風化して読むに耐えないものになっています。それにつれて批評家の固有名が忘れ去られ、その存在すら消去されている。このような時代に版を重ねて読まれているのは、この著作が時代を越えて「古典」になっているからです。

それにもかかわらず、この著作の理念は日本では今なお理解されていない。海外の評価とはまったくちがうんですね。その点で恥ずかしいと思うのは、滑稽にも、この著作は実証的ではないとか、刊行されて十年の間にここで展開されている言説は常識になってしまったというような言説が、日本近代文学の研究者の間にあることです。それはこの著作をたんなる「文芸評論」として読んでいる愚鈍さに要因があるのですが、これは愚直な文芸批評家の批判にもいえます。いずれも根も葉もない言い掛かりで、見当違いのものがほとんどです。その意味では問題にするに足りないものですが、それを敢えて取り上げたのは、この『日本近代文学の起源』という著作が十年やそこらで常識になるような問題機制で書かれていないことを確認する必要があると思ったからです。それにはいくつかの理由があります。

一つは外国に翻訳された柄谷さんの著作を集めた『柄谷行人集』全五巻が二〇〇四年一月に岩波書店から刊行されることです。このなかに『日本近代文学の起源』も収められています。この著作の英語版が出たことで海外の日本研究は一新され、一九九六年にモントリオール大学で、「柄谷行人に関するシンポジウム」が開かれています。それは『日本近代文学の起源』が先駆的で画期的なものであったからですね。これは日本においても同じなのですが、理解の深度が異質です。そこで、その意義をこの機会に改めて認識したいと思ったわけです。

というのは、『日本近代文学の起源』を通して「起源」という言葉がその意図を越えて文学批評や文学研究者の間に流行し、『近代文学の起源』という論集まで編まれたりして本来の企図が見えなくなっているからです。この種の言説で使われている「起源」の意味はたんなる「始まり」のことです。これは『日本近代文学の起源』が提起した問題機制とはまったく無縁のものです。このような状態を括弧に括るには、このテキストの問題機制を現時点で振り返る必要があるということですね。

もう一つは、柄谷さん自身が『日本近代文学の起源』の刊行後、九一年に「『日本近代文学の起源』再考」(『批評空間』)、九二年に「日本精神分析」(『批評空間』)を書いて自ら振り返って批判＝吟味していることです。そこでなぜこのとき「『日本近代文学の起源』再考」を書いたのか、ということはその意味で閑却してはならないことですね。このふたつの論文を読むと、この『日本近代文学の起源』で展開されている問題機制が『トランスクリティーク』に引き継がれて、新たな視点で展開される問題意識が読み取れます。しかも、これらの論考が書かれたのは、二〇世紀の終焉を刻印した九一年から九二年にかけてです。そして、現在は、近代文学が終焉を迎えています。この時期に『日本近代文学の起源』を読むことは「終焉」から「起源」を考えることです。その意味で「起源」に立つことはその転倒を考えることにもなると思うんです。
『日本近代文学の起源』が提示しているのは、近代が創造した「日本・近代・文学」の成立の基盤とその「歴史」の諸条件を問い直すことですが、近代文学が成立すると同時に、忘却されて隠蔽された文学の転倒を考えることをも示唆しています。それは、このテキストに書かれていないにもかかわらず、書かれています。そこで「『日本近代文学の起源』再考」のことからお話しを伺えたら、と思います。

私が『日本近代文学の起源』を書いたのは、本が刊行されたのが一九八〇年の夏ですから、七〇年代末の数年間ですね。十年後にそれを読み返した。私は自分の過去の仕事を振り返ることはせず、それよりたえず新しいことをやるということをくりかえしていたのですが、その時だけは振り返らざるを得なかった。これは初めての体験でした。それは『日本近代文学の起源』の英語の翻訳が進んでいたからです。最初に翻訳を申し込まれたのは一九八三年で、その時はとりあえず承諾するが、あのままではだめだ、外国人が読んで理解できるように加筆する、といったのです。ところが、その後ずっと連絡がなかったので、放っておいたら、突然翻訳が進んでいるという話を聞いたのです。それでは困ると思って、書き直しを始めた。それが「『日本近代文学の起源』再考」です。ところが、その仕事をしている時、翻訳が完成したので、加筆しないでくれといってきたのです。結局、一つの章を付け加え、注をつけ、長い後書きを書くということで妥協したのですが、やはり不本意でしたね。いずれ書き直したいと思っていました。

その時期に『日本近代文学の起源』を読み返したとき、以前と違った印象をもちました。その時期は、アンダーソンの『想像の共同体』(リブロポート)の影響もあって、ネーションの問題を考えるようになっていたのですが、ふと気づいたのは、自分がやったことはすべてネーションの創造にかかわるということでした。つまり、近代文学がネーションを構成するにあたって不可欠であること、「言文一致」や「風景」もその一環であること。

私は『日本近代文学の起源』を書いたとき、ナショナリズムの問題を取り上げませんでした。にもかかわらず、この本が徹頭徹尾ネーションの問題を考察した本であったということに気づいたのです。ふつうは、人が文学とナショナリズムに関していうとき、内容的にナショナリズムを示すような文学をとりあげます。それは、近代文学そのものがネーションの基礎を作っているという視点がなかったからです。つまり、近代文学の形式それ自体がナショナリズムだとしたら、その内容がナショナリズムであろうとなかろうと関係がない。その意味で、『日本近代文学の起源』は、それ自体、「ネーションの起源」を書いたものであった。出版してから十年たって、そういうことに気づいたわけです。

『日本近代文学の起源』の「再考」において気づいたもう一つのことは、この本には、別の主題があったということです。それは、もともと日本の近代を考える時、明治時代における言文一致や風景の発見に匹敵することが奈良・平安時代に起こっていたこと、むしろ、明治の出来事はその上塗りとしてあったにすぎないということを、つねに念頭においていたことです。しかし、ちゃんと展開していなかった。だから、「再考」では、これをとりあげたと思います。それはのちに「日本精神分析」という仕事になります。

しかし、それからもう十年以上経って、この本をふりかえると、また違った感想をもちました。今度、岩波書店から「定本」を出そうとしてあらためて思ったのは、「起源」というものは「終り」において見出されるということです。少なくとも、ある種の終りを実感しなければ、起源という考えは出てこない。実は、この本を書いた一九七〇年代後半は、村上龍と村上春樹が出てきたころです。その時期に、私は新聞で文芸時評をやっていました。それは『反文学論』（講談社学術文庫）に収録されています。だから、よく覚えているのですが、その時期はある意味で、「日本近代文学の終焉」の始まりだった。

私が「起源」を書く気になったのは、まさにそれが終りつつあったからですね。近代文学の特性が「内面性」であり、それが或る転倒において生じたということを理解できたのは、その時期、そのような内面性を否定するような作品が出てきたからです。ただ、その時は、近代文学が終れば、そこから何か新たなものが生まれてくる可能性があると思ってやっていました。私が考えていたのは、広い意味では近代ではあるが、狭義の近代的な内面性を斥けるような形態、たとえば、ルネサンス的なものの回復が可能なのかもしれないということでした。私はそのような可能性を漱石に見出していました。『日本近代文学の起源』という本は、一種の漱石論として書かれているのです。

しかし、近年は、もうそんなことを考えられなくなりました。「近代文学の終焉」から何かが出てくるということは、ない。終りは端的に終りである。書き手がいなくなったというより、読者がいなくなったのです。もちろん、空しい気持がします。「近代文学の終焉」ということは、日本に限らない大きな出来事ですから、それについて考える価値がある。しかし、あまりやる気がしないのです。過去のことを考えるとき、これは、直接的ではないとしても、どこかで、現在あるいは今後において、意味を持つ、と思ってやるわけですね。ところが、そう思えないときには、過去のことをやるのは可能だろうか。職業だからやり続けるという人がいるでしょうが、私はそういうことはできない。もしかすると、今後に気持が変わるかもしれませんが、今のところ、文学をやる気はありません。

そのような思想内容とは別に、昔に比べて、私の態度が決定的に変わってきたという気がします。一言でいえば、学者的になってきました。たとえば、『日本近代文学の起源』に関して、この間に経験してきたのは、私の仕事から実は影響を受けているのに、影響を受けたことを隠すために、西洋の著作を持ってくることです。その手口はわかっています。たとえば私が「児童の発見」を書いたら、フィリップ・アリエスの『子供の誕生』を参照の枠組に持ってきて、こともあろうに、私がその真似をしたというのです。しかし、私はいまだにアリエスを読んでいない。腹が立ったから読まなかった。読んだほうがいいに決まっていますけどね。

これは文学に限らない。哲学の先生からきいたことがありますが、学者は、私がデカルトやカントについて述べたことから影響を受ける、しかし、論文には私の名は出さず、私の考えに似た外国人を見つけてきて引用するというのです。そういうことをやっていていいのかな、と思います。私の本は英語で出ていますし、むしろ私の名を引用したほうが、外国でやっていく場合はやりやすいと思うんです。日本人で西洋のことをやっていて、西洋の物真似だけでは恥ずかしいでしょう。しかし、研究対象は外国であっても、結局日本での立場のことしか考えていないんでしょう。今も昔も情けない人たちです。私はこういう状況を変えようとしてやってきたのですが、変わっていない。

それはともかく、私はろくに調べなくても直観的にわかることが多いんです。しかし、昔はそれを裏づける作業をやらなかった。だから、今から思うと、そこがだめですね。とはいえ、最近は禁煙したし、調べる根気も余裕も出てきて、ひとつひとつ調べて確実にしようとしています。多少学者的になってきたなと思います。

外国に行くということ

——柄谷さんの仕事のスタンスが変わったのは、やはり禁煙したことが大きいと思うんです。禁煙しないと、図書館で長時間ものを調べることができないですからね。それは当然ですが、柄谷さんは、文献を渉猟しつつ重要なアイデアを発見している。これは容易に真似ることができないものです。アイデアのない学問くらい退屈なものはないですが、この当たり前のことが難しいわけです。大抵はテーマに沿って調べて終る。そのために、アイデアは二の次になるんですね。

先駆的な仕事をするには、アイデアの独創性を直観的に理解することが必要ですが、大抵は調べた結果に自らの先駆性を見い出しているだけです。そうなるのは自分のアイデアではなく他者のアイデアに依存して調べて終るからです。したがって誰のアイデアに依存しているかは調べれば分かります。アイデアは同じように見えても違うからです。日本の先駆的な仕事のアイデアを借りながら、それを消して外国の文献を参照の枠組に挙げるのは、その方がステータスが高いと思っているからです。

これは「起源」が発見されると、それに似たものが発見されることに通じています。柄谷さんの「児童の発見」からアイデアを得ているのに、アリエスの『子供の誕生』をもってくるのは、学問の根本が分かっていない、闇商人になり下がった輩の所業です。そもそも柄谷さんの問題機制とアリエスのそれとは似て非なるものです。

日本で先駆的な仕事を進めることが困難なのは、その先駆性を世界的視野に立って判別するレフリーがいないことです。柄谷さんの仕事からアイデアを得ているのに、その仕事の先駆性を隠蔽するのは、大いなる勘違いをしているからです。これは学問の基本以前の倫理の問題です。そのような認識装置が日本の社会にはないからです。

しかし、そのような不埒な態度も岩波版『柄谷行人集』が刊行された段階で、変わらざるを得ないと思います。この著作集は、ある意味で柄谷行人という日本人の海外における知の闘争の記録であるからです。このような著作集が出来上がるには、海外で積極的に知の闘争を展開していなければならなかったはずです。さもなければこのような仕事をすることは不可能です。

それにはなにか契機となることがあったと思うんです。差し支えなければ、その契機となった出来事についてお話しいただけないでしょうか。

今回『國文學』の「柄谷行人特集」のためにこのような話をするわけですが、ふりかえって見ると、『國文學』で一九八九年一〇月に「柄谷行人特集」をやっています。あとから思うと、このころが私にとって大きな区切り目です。個人的にいろんな変化がありました。一つは『批評空間』を始めたことです。昨年〔二〇〇二年〕に終刊するまで続いた。編集というのは、他人との共同作業ですから、それまでとは違います。たぶん、編集だけでなく、自分の仕事もそれによって変わってきた面があると思います。そういえば、中上健次の全集を編集し、毎年シンポジウムをやった。また、日韓作家会議に四度も出た。かつてはそういうことが苦手で、かつ嫌でしたから、大きな変化だと思います。

もう一つの変化は、九〇年からコロンビア大学で定期的に教える客員教授になったことです。他の大学にも教えに行きましたが、この時期以来コンスタントに海外に行くという環境ができた。それは自分にとって大きいものだったと思います。確か一九八三年にアメリカから帰ってきた時に読んだのですが、吉本隆明が高橋源一郎との対談のなかで、私のことを嘲笑していたのを覚えています。嫌な言い方をしていたので、今も覚えているのですが、「ほんとうにいい仕事をしていたら外国に行く必要なんかない、向こうからやって来て、カラターニなんていうだろう、ワッハッハ」というのです。そのとき、それは違うと思った。そんなことは絶対にない。自分が出て行かなかったら、向こうは来ない。来るとしても、向こうにも別の動機があるわけで、彼らに都合よく料理されるだけです。禅とか東洋哲学の絡みで評価されるとか。自然科学の場合は違います。というのも、自然科学では、最初から国際的な場を想定してやっている。英語あるいは数学的言語で発表している。われわれも基本的に同じような態度でやるべきなのです。

さらにいうと、外国にいることは、日本で本を読んでいるのとは違うのです。たとえば、私は海外にいると、そこのリアリティを強く感じます。日本に戻ると、日本のリアリティが強くある。なぜか、この二つは両立しないんですよ。一方があれば、他方は希薄になる。たとえば、最近半年ほど、日本にいるでしょう。それだけで、もう、海外でのことが何か夢みたいな、嘘みたいな気がしてきます。もっと長く滞在すれば、遠い昔話のようになってしまう。ところが、アメリカに行くと、ああ、日本で無駄に時間を浪費してしまった、外で通用する仕事をしなかったら、存在しないに等しいのに――、という後悔に襲われるのです。これまで、その繰り返しです。

だから、海外に行くことが定期的で義務的であるという状態が、私にとってとてもよかったのです。約束したからいやいやでも行く。本当は、私は移動することが苦痛なので、放っておくとじっとしていて動かない。そのような意味で、九〇年代以降の在り方は、自分にとっては、かつてなかった在り方ですね。

――その在り方の変化を象徴しているのが『トランスクリティーク』であると思っていましたが、その始まりが九〇年であるとは思っていませんでした。八八年に『季刊思潮』が刊行され、それから『批評空間』が刊行されたので、八〇年代の終りの印象があるのです。しかし、これは錯覚ですね。アメリカへ行くようになったのも、イェール大学が八〇年からなので、コロンビア大学は九〇年代以前から行っていると思ったんですね。

確かに一九八三年にコロンビア大学にいました。しかし、それは研究員としていただけで、定期的に教えるようになったのは九〇年からです。そして、そこから帰った時、一九九一年一月ですが、湾岸戦争が始まった。私は中上健次・田中康夫らと反対集会をしたわけです。そして、『批評空間』を始めた。以来、十年以上、年に四回、雑誌の座談会に登場し、且つ、毎年五か月ほど海外にいたというのは、我ながらすごいと思う。その上に、『探究Ⅲ』の連載をしていたわけだから。だから、それ以前に比べると、非常に実践的になっていますね。NAMの運動も始めましたね。前回の『國文學』の特集名は「柄谷行人闘争する批評」となっているのですが、どういう意味だったのでしょうか。「闘争する批評」というのは、むしろそれ以後を予見するような評価で、それ以前は「闘争」なんてしていないんじゃないか。

――このときの特集のタイトルは、日本の言説空間と闘争している柄谷さんの批評のスタンスを表象したんですね。今話されたように闘争を実践としてリアルに捉えれば、その当時はまだ「闘争」は始まっていなかったというのは、その通りです。現実との闘争が始まるのは反戦表明を含めて九〇年代になってからで、それが『批評空間』の活動を通してNAMの運動が起こっている。その理念を展開したのが『トランスクリティーク』ですね。その闘争する批評の方向を予見することになったのが八九年の『國文學』の特集であったということは、嬉しいですね。

その意味でいえば、日本の批評家は、何一つとして闘争していない。外国の新しい書物に依存するか、たんに言葉と口だけで、現実に立ち向かっている。それは仕事がやりにくい時代になっていることもある。社会の要求がそういう風になってきているからですが、しかし、そうであったとしても海外を視野に入れたクオリティのある闘い方があると思うんです。『批評空間』という雑誌にはそれがあったと思うんです。

『批評空間』の目的の一つは、日本の中で若い人たちに自由に仕事をする機会を与えることでした。もう一つは、海外の仕事を紹介すること。これは、共同編集者、浅田彰のおかげですが、相当に高いレベルだったと思います。たんに海外の仕事を紹介しただけではなかった。われわれは紹介している当の人たちを個人的によく知っていたし、彼らも読めないとしても「Critical Space」のことを知っていましたね。

日本語を読める人にはこういう人がいます。たとえば、今年〔二〇〇三年〕の春ＵＣＬＡにいた時、そこのイタリア人の日本学教授（美学）が、別のアメリカ人に『批評空間』のことを説明していたのを聞いたのですが、彼は、いつも『批評空間』を読んで、アメリカやヨーロッパでいま何が大事なのか勉強したというのです。日本の研究のためじゃない。そして、こんな雑誌は、世界のどこにもない、といっていた。彼らがそういうぐらいだから、今後、『批評空間』のかわりを作るのは難しいでしょうね。

セオリー・哲学・批評

――それは現実的に無理ですね。人材、スタッフを含めて『批評空間』のようなハイレベルの雑誌を出すことは、状況的に不可能になっていますね。日本以外の人に普遍的に読まれる雑誌を作るのは、生半可な姿勢ではできないですよ。一九三〇年代に北園克衛が『L'ESPRIT NOUVEAU』というフランスでも販売した国際的な詩の雑誌が刊行されたことがありますが、この雑誌はヨーロッパの勉強には役に立たないです。平成一四年に『批評空間』のやりかたを上辺だけ真似た雑誌が出ましたが、これは読むに耐えないですね。『批評空間』が作ったレベルは、よほどのことが起こらない限り、作ることは不可能です。したがって、今、何を考えなければならないかは、ある意味ではっきりしていると思います。ポピュリズムが横行して大衆の欲望の上に胡座をかいている現状では、雑誌メディアを通して知的刺激を受ける環境を作ることは難しくなっています。

八九年の『國文學』の特集は「闘争する批評」であったけれども、それは、批評という言葉が当時は大きな意味をもっていたからだと思うんです。「批評」とは、私自身その意味をだんだん変えてきているのですが、一般的には文芸批評のことですね。八九年の時にもその意味であり、同時に、カント的な批判の意味もふくんでいました。以前に『國文學』にエッセイで書いたことがありますが、カントの「批判」という語は日本ではかつて「批評」と訳されていました。大正時代には、西田幾多郎は「カントの批評哲学」と書いています。その意味で、私は、批評＝批判という両義性で考えようとしていました。しかし、その時点まで、私はカントについてちゃんと読んでいなかったのです。九〇年代になって、カントを真剣に読むようになった。九二年に、『探究Ⅲ』の連載を始めました。これはのちに『トランスクリティーク』のカント論になったものです。その時点では、もう文学のことを考えていなかった。

しかし、カントをやりはじめた時点では、まだ、文学批評のことを念頭においていました。一つには、現代思想とかいうものが流行っているけれども、根本的なものは批評であり、したがってまた文学批評であるといいたい気持があったのです。また、文学が地盤沈下しつつあったとはいえ、文芸批評はまだ意味があるのだといいたい気持があった。アメリカではセオリーと言っていたし、私自身もセオリストとして扱われたけれども、たんに「批評」でいいと考えていました。私のセオリーには文学がベースにあったからです。しかし、実質的には、それを機に文学からますます遠のいていったのです。

——漱石は今話されたセオリーを「哲理」と訳して「セオリー」とルビをふっています。現在は「理論」と訳されていますが、このセオリーという概念は哲学に代わって現れてきた概念だといわれています。私がこの概念に注目したのは、アメリカのリチャード・ローティが『哲学の脱構築』において「セオリー」を哲学の衰亡に伴って一九世紀に始まった「新しい混交ジャンルの著述法」として挙げ、分野を越えてさまざまなジャンルに影響を与える著述を指していることを指摘していたからです。柄谷さんの仕事や漱石、安吾にたいする関心から興味をもったのですが、この概念は七〇年代から八〇年代にかけて「知」という言葉で表象されたものに通じています。それにもかかわらず、これはある意味でポストモダンの言説がもっている無限定の形式、普遍性への意志を失ってさまざまな解釈をさまざまに成立させている現状を転倒する、そういう哲学の復興を示唆するものに映ったんです。

たとえば、柄谷さんの『マルクスその可能性の中心』や『隠喩としての建築』、『探究』などの仕事は、このとき「セオリー」を実践しているように見えたわけです。事実、『隠喩としての建築』は、文学を越えて建築家を含めてさまざまのジャンルの人々に影響を及ぼしています。文芸批評がこんな風にジャンルを越えてさまざまの領域に大きな影響を及ぼしたことは、かつてなかったことです。小林秀雄が『近代絵画』を書いても、現代絵画の世界に大きな影響を及ぼしたわけではない。それは小林秀雄が鑑賞家以上ではなかったからです。ただ『トランスクリティーク』は、「セオリー」というより「哲学」というべきだと思ったんです。この特集が「柄谷行人の哲学・トランスクリティーク」であるのは、そういう経緯があります。

今いわれた「セオリー」は特にアメリカの文脈で出てきた区分だと思います。哲学というと、分析哲学の意味合いが強い。それに対して、フランス系の哲学は文学的です。しかし、それは狭義の批評とは異なる。そこで、狭義の哲学でも狭義の文学批評でもないような仕事を、セオリーと呼ぶことにしたのではないかと思います。しかし、日本でなら、それは批評と呼んでもよかったのです。なぜなら、日本では、フランスの哲学は、伝統的に、文学批評の側で吸収されてきたからです。それはともかく、ローティにしてもデリダにしても、専門の哲学者です。そして、彼らは哲学を脱構築するという形で、文学に近づいていった。あるいは文学を優位におくようになった。しかし、私は初めから文学批評をやっていましたから、そのこと自体にはあまり刺激を受けなかったのです。逆に、私はますます哲学的な仕事をやるようになった。

これまでも哲学的な仕事をやっていましたが、ほんとうに自分が哲学をやっていると実感したのは、カント研究からです。それまでやっていたのは、マルクスにしても、キルケゴール、スピノザ、ヴィトゲンシュタインにしても、哲学としては異端です。そのような異端をやっている間は、ある意味で、文学をやっているのと同じような感じだったのです。ところが、カントをやっていると、哲学の正統なコース、いわば哲学史の王道を歩んでいるという気持がしたのです。もちろん、やっている内容は今までと同じく、異端的です。しかし、それまでと違って、何か正面から勝負している、本当にオリジナルなことをやっているという感じがしました。私は海外では哲学者と呼ばれていて、それには何かひどく違和感があって、抗議したこともあったぐらいですけど、この時期から、まあ人がそう呼ぶならそれでいいと思うようになったのです。

――日本にはそういう認識がなさすぎます。柄谷さんが「批評」という概念を哲学的な意味で使いはじめるのは、九〇年代以後です。それをシンボリックに示しているのは、九〇年代以後の「批判」という言葉の使い方の変化です。この頃から「批判」という言葉を意識的に「批評」と区別し、文芸批評の「批評」の意味では使わなくなっています。「批判」は「吟味」の意味で使われている。

その頃はすでにカント研究を始めていた頃ですね、そう考えると、それは柄谷さんの〝着地点〟であり、出発点のような気がする。あたかも約束されているところに導かれて行った場所のように、見えるんですね。

人にはそう見えるけど……。いつも暗中模索しているだけなんです。一九九〇年代に入ってやりだしたことは、最後に、カントとマルクスを新たに結びつける『トランスクリティーク』という仕事になっていったわけですね。ところで、九八年ごろに、今までよく分からなかった事柄が一挙に分かる、というようなことが起こりました。たとえば、国家、ネーション、資本制経済の、三位一体的あるいはボロメオの環のような関係構造がそうです。いままで、ばらばらにあったものが、交換という基礎的形態から見ると、明確に説明できるし、いかにすればそれらを揚棄できるかという道筋が見えてきたのです。九〇年代には、ネーションについて幾つか論文を書きましたけど、現在、それらを新たな観点から書き直しています。岩波版では、第四巻『ネーションと美学』としてまとめます。また、これが私の四冊目の英語の本になると思います。

——その場合、日本が世界資本主義の文脈の重要なモデルになると思うのですが、そうなると、これまでのジャパノロジーのレベルをこえた普遍的なコンセプトで日本の国家、歴史、文化、経済の問題が展開されることになる。そういう認識はこれまで日本にはなかったですね。

これまで日本を材料にすると、それを西洋的な標準から遅れている、あるいは歪んでいると見なすか、逆に、特異で例外的なものとして扱うことになっていました。私は『日本近代文学の起源』で、そうではないやり方を示したと思います。関井さんは以前にこうおっしゃっていました。『日本近代文学の起源』の英語訳を読んだブルガリアの人、そして、フィンランドの人が、この本で書かれているのは自分の国で起こったのと同じだといっていた、と。私自身もギリシャ人からそう聞いたことがあります。韓国や中国の人はいうまでもないことです。メキシコ人からもそういわれた。この本に出てくる漱石とよく似た人物が近代メキシコにいた、と。

ただ、その時、先ほど述べたような、奈良・平安時代の「文学」をどう見たらいいのか。あるいは「天皇制」をどう見たらいいのか。以前は、そこに特殊日本的なものを見ていたと思います。しかし、日本で起こったことは、少ないとはいえ、例外的ケースではありません。たとえば、世界史において、発達した文明をもった世界帝国があり、その周縁に、まだ部族的段階の民族がいるとします。彼らは文字を受け入れ、国家体制を導入する。しかし、形だけはそうしても、従来の部族段階にあった宗教や政治形態は残る。あるいは、それが別の文脈において活用される。特に、日本のように島国であったら、その傾向が強くなるでしょう。たとえば、インドネシアの諸島民のように部族段階から一挙に近代国家・資本主義の段階に入ったときにどうなったかを見るとき、日本のケースは役立つのです。そう考えて見ると、日本のケースは特殊というよりも、世界史の諸段階を留めているがゆえに、それを考察することが世界史的でありうると思うのです。

将来的に書こうと思っているのですが、たとえば、日本資本主義論争あるいは封建論争も重要だと思います。同じ問題に関してなされたウォーラーステインとラクラウの論争は一般によく知られているのに、日本での論争は知られていない。あの論争は長期にわたって、大勢の人間が命がけで参加して、あらゆる領域にわたり、たとえばドストエフスキー論からルネサンス論に及ぶような広い領域に関して、パブリックに展開されたものです。これは、「封建遺制」などという粗雑な概念を使わないで、きちんと考察したら、まだ世界的に実りの多いものになると思います。とにかく、日本を素材にすると、かなりのことができますね。『トランスクリティーク』では、宇野弘蔵以外にはほとんど日本のことを例にとらなかったのですが、次の本の『ネーションと美学』では、主に日本を材料にしています。

ただ、日本を材料にするとき、書き方がなかなか難しいんですよ。日本人はたいてい、日本のことを書くとき、外国人がそれを読むと思っていない。そして、外国人を意識する場合は、逆に、ふだんとは違う、よそ行きになったり、変なことを言い出したりする。そういうふうにならないようにするためには、一定の技術、というか、呼吸のようなものがいるのです。そのあたりは外国で徐々に身につけたと思う。そういう意味で、自分はけっこう経験を積んできたと思うんですよ。

日本文学は死んだ

――そういう経験は機会があっても、なかなか積めるものじゃないです。簡単にそういう経験を積むことができるなら、誰かがすでにやっているはずです。これは固有のもので、それなりの蘊蓄がなければ経験しようにも経験できない。経験の豊かさは内面の豊かさに比例しています。そういう視野がなければ、どうしてもたんに情況に自分を合わせてしまう。見られているものの方を意識して、相手に合わせて物事をやってしまうんです。自分の問題をもっている人は、そういう経験を積むことができるでしょうが、向こうの要求に合わせているだけではできないですよ。これはアメリカの大学で勉強することにもいえると思うんです。

最初に私がイェール大学に行ったのは、一九七五年ですが、そのころはまだ、デリダとかド・マンなんて誰も知らなかった。ところが、八〇年ごろには有名になっていた。それから、ジェンダー研究、また、九〇年ぐらいになると、ポストコロニアリズム、カルチュラル・スタディーズが流行していた。今はすでに下火になっています。そういう中で、私は、アメリカの大学院生が博士論文に流行の主題を選ぶことにいつも懸念をもっていました。博士論文を書き、それを本にするころには、もう見向きもされないかもしれないから。だから、「やめとけ」と言いたいのですが、そうは言えない。代わりに、何をやれとも言えないからです。日本では、またその流行を追いかけている。Ph.D の制度まで導入したから、ちょっとひどいことになるでしょうね。

――それは日本のアカデミズムに責任があります。欧米で流行っている新しいものに敏感で無防備に移入するんです。外国で刊行されると同時に、翻訳権を取得する学者もいるんです。だから、率先してその再生産を行っている。無論、十年後にどんな事態が待っているかということは、まったく考えてもいないし、視野にも入れていない。

カルチュラル・スタディーズであれ、ポストコロニアリズムであれ、目先のことに追われて自分のことを省みることができない。そういう声をよく聞きます。それなら止めればいいのですが、不安でそれもできないんですね。これは一種の病気です。この状態を脱却するには、広い視野に立って普遍的な問題とは何かを、もう一度問い直すしかないのですが、そのように考える必要性が分からないんです。そのような日本の状態を象徴しているのが、内容のないサブカルチャーです。かつてサブカルチャーは対抗文化を意味していたのですが、その面影はもうないですね。

最近は日本のアニメやマンガが世界に行き渡って、日本にはそれしかないような感じになっている。しかも知性のかけらも感じられなくなっているんですね。でもそうじゃないということを、ジャーナリズムの中でもきちっと線引きして、今われわれはどういう状態にあるのかを考えていくシステムをどこかに作っておかないといけないと思うんです。

近代文学が終ったということ、旧来の知識人の文化が終ったということは、どこでも見られる現象ですね。ヨーロッパではアニメやマンガが流行しています。もう近代文学はほとんど読まれていない。たとえば、イタリアでは、初めて読んだ小説が吉本ばななだ、というような人たちが少なくないでしょう。そういう傾向はグローバルだと思うのです。何しろ『ハリー・ポッター』のようなものが世界中で読まれるのだから。

ただ、韓国だけは違うと私は思っていました。九〇年代に日韓作家会議に何度も出たし、だいたいわかっていたから。数年前、村上龍と対談したのですが、そのとき彼は韓国から帰ったばかりで、「この前韓国で記者会見したとき、『一週間前に柄谷行人が来て、日本文学は死んだ、といっていましたが、あなたはどう思いますか』と聞かれて、『同感です』と答えた」といっていました。私は日本の文学について聞かれたからそう答えたのだと思いますが、韓国では文学は特別な意味をもっていたから、日本のようにそう簡単には死ぬはずがないと思っていたのです。

ところが、昨年、私がかつてコロンビア大学で教えた学生で、今は韓国で教授になっている人が、韓国で文芸批評家がもらう賞としては最高の賞をもらったということを知らせてきた。彼がいうには、それはとてもうれしいけれども、一方で悲しい。文学の影響力がなくなってしまったので、その賞をもらってももう喜べない、というのです。文学や文学批評のもっていた地位が急速に失われた。これはここ二、三年の間に起こった現象です。韓国だけは違うだろう、と思っていたから、私も衝撃を受けました。日本で起こったことはグローバルな現象なのです。

にもかかわらず、ヨーロッパでも韓国でも、日本のようになっていないと思います。ついこの前のニュースによると、韓国では五万人の労働者の集会があって、機動隊に対して八〇〇本の火炎瓶が投げられたという。この集会は、パートタイム労働者の待遇改善、イラク派兵反対など、日本にあるのとまったく同じ問題をめぐっています。ヨーロッパでは火炎瓶は投げないけど、こういうことはすごくやっています。今年のアメリカでも、反戦集会やデモが多かった。ところが、日本には、そういうものが何もない。マンガやアニメが流行しようと少しもかまわないのです。それが「日本文化」であるとしたら、世界中が「日本化」しているといっていいかもしれない。

しかし、実際は、世界は別に「日本化」していないのです。日本では、知的・倫理的な要素が死に絶えてしまった。それを嘲笑する人たちが、幅を利かせている。サブカルチャーはいい、マンガはいい、アニメはすばらしいというようなことは、かつては、イロニーとしていわれていた。その限りで、一応の批評性があった。ところが、今の日本ではもうイロニーはありません。たんに夜郎自大の肯定があるだけです。はっきりいって、現在の日本には何もない。そして、回復の余地もない。にもかかわらず、私は望みを捨てていません。これから、私は根気よくやろうと思ってるんです。

2 座談会 来るべきアソシエーショニズム

柄谷行人
浅田彰
大澤真幸
岡崎乾二郎

終りなきテクスト

浅田　柄谷さんの仕事のうち海外に向け翻訳されたものを集めた初の著作集である『定本 柄谷行人集』全五巻が完結を見ました。あらためてこの著作集を読むと、同時代にこれほどモニュメンタルな仕事がなされたという事実にまず驚嘆せざるをえません。他方、柄谷さんの著作をリアルタイムで読んできた者としては、柄谷さんは理論家ではなく批評家であり、テクストを書き捨てながらどんどん次へ次へと動いていく——たとえば『隠喩としての建築』でゲーデル的な自己言及の問題からウィトゲンシュタイン的な他者の問題に転回するとか、『トランスクリティーク』に至ってネガティヴな批評を超えるポジティヴな提案として新しいアソシエーショニズムを構想するとか、そうした絶えざる切断と移動の印象が強かったので、それがこういう形できちんとまとめられると、いままでとはかなり違った印象をもちます。したがって、読者に向けては、この『定本』で柄谷行人がわかったと思ってほしくない、むろん『定本』を読むべきだけれど、それは今までのテクストを無効にするものではなく、むしろ、『定本』に収められなかったテクストを読み返す、また『定本』に収められたテクストをも『定本』版との差異において読み返すきっかけとなるものだ、ということを強調しておきたいと思います。その上でうかがいますが、柄谷さんが今回『定本』という形でこれまでの仕事を一度まとめておこうと考えられたのはどうしてなんでしょうか。

柄谷　最初からこういう著作集にしようと考えていたわけではないんです。最初は、批評空間社から出した『トランスクリティーク』を、批評空間社の解散後どうしようかと考えていたところ、岩波書店から、うちから出してくれないかといわれた。ただ僕としては、『トランスクリティーク』は日本語版以後に加筆した英語版がすでに出ていたので、どうせ出すならその英語版に基づいたものを新たに出したいという気持ちがあった。それから、同じく英語版が出ている"Architecture as Metaphor"は、日本版の『隠喩としての建築』とは根本的に異なるもので、これの日本語版もいつか出さなきゃいけないと思っていた。最初はその二つだけを出すということにしたのですが、計画しているうちに、このさい外国で出すものは全部まとめてしまおうと思った。「定本」というのは、英語版も含めた一番新しいバージョンだという意味です。この「定本」をもとにこれから二冊英語版が出ます。第四巻(『ネーションと美学』)と第五巻(『歴史と反復』)です。そこに収められた個別の論文はおおかた英語に訳されてはいますが、本としては出ていない。四巻と五巻についてはかなり手直しをしました。『歴史と反復』はもう翻訳者に渡しましたが、『ネーションと美学』は僕が自分で訳すつもりなので、さらに加筆しています。「定本」と称したけれども、これからまだまだ直す。

とにかく、日本の文脈だけではこういう著作集は作らなかったと思います。翻訳者に渡す前に自分が納得できるまで手を入れておかないといけないと思ってやった。それをしないと自分にとって不本意な結果になる。たとえば『日本近代文学の起源』がそうでした。『歴史と反復』の場合、文学評論が多いし日本の細かい近代史が出てくるのですが、もともと海外の読者をまったく考えずに書かれている。だからそのままでは説明不足で、外国人にはわからない。しかし、実は日本の若い人たちにもわからないと思う。外国人であれ日本人であれ、歴史的文脈をよく知らないような人たちに向かって、それでも通じるようにと思って新たな本として書き直したわけです。しかし、自分の仕事を読み返して手を入れるという作業を一年もかけてやったというのは、今までにない経験でした。

今回はなんというか、今までとは脳の違うところを使ったような気がする。たとえば『日本近代文学の起源』新版では、遠近法に関して岡崎さんの『ルネサンス 経験の条件』を読んで受けた示唆を書き加えているのですが、今回はちゃんと勉強して書いた気がするんですよ。以前はろくに調べないで直観だけで書いていた。今回はその実証的裏づけができたと思いますね。

とにかく、浅田さんみたいにリアルタイムで僕の本を読んできたような人は、いまやもう少数でしょう。僕は今の若い人は僕の本を読んだことがないと思っています。だから、外国人に向かって書くのと同じです。昔書いたものにはそれなりに歴史的に意味があるから変更してはいけないという人がいますけどね。それなら旧版を読んでくれればいいので、僕としてはいま考えていることを書きたい。そう思って、徹底的に手を入れました。だから、今回の定本集は「歳を取ったから出す」とかいう感じではないです。

浅田　いまいわれたことは、『隠喩としての建築』における転回でウィトゲンシュタインに即して「教える」立場、「売る」立場ということを強調されたのと直接つながる話ですね。文脈を共有しない他者に向かって語りかけなければいけない、そのためには凡庸と見えてもいいからあえて教育的に書かねばならない場合もあるのだ、と。

大澤　僕は京都大学で学部学生向けの、特に一回生、二回生が多い、読書会のようなゼミを受け持っているんです。今年はそのゼミで柄谷さんの『定本』を読んでいます。自分自身、学生のときに読んで、たいへん衝撃を受けましたから、たぶん二十歳前後の学生たちが読むのにいいんじゃないかと思って。最初に『隠喩としての建築』、それから『トランスクリティーク』を読んだ。『隠喩としての建築』は、僕がかつて読んだ版とかなり違っています。柄谷さんの変化がすごくよくわかるものになっていて、最初に読むのによいかもしれない。普通、一冊の本は一つのアイデアをもとにして書かれるものだと思うんですが、これは一冊の本の中に異なったアイデアが出てきて、前半で出したアイデアを後半で、否定とまではいかないけれど脱構築している。

『隠喩としての建築』に関しては、確かに今の学生はものを全然知らないというか、ゲーデルがいきなり出てきたりして、学生にとってはまだ難しい部分が多いという印象が正直、ある。むしろ『トランスクリティーク』の方が説明が長く書かれてある分、読みやすいようです。いずれにせよ、少しずつ読みながら、これはこういうことじゃないかとか、こういうふうに考えるといいんじゃないかとか説明すると、若い学生たちも、けっこう面白がるんですよね。

浅田さんのいわれた感想と重なりますが、今回あらためてまとめて読むと、たとえば『トランスクリティーク』でカントやマルクスについて「移動」ということをいっているのと同じように、柄谷さん自身の考えが絶えず移動していることに一番驚きます。柄谷さんの、アクチュアリティを失わない変幻自在な発想は一体どこから出てくるんだろう、ということには個人的にたいへん興味がある。柄谷さんは世代的には「内向の世代」に比較的近いと思いますが、その世代の批評家で僕らがいま読んでもインパクトを受けるのって、ほとんど柄谷さんだけなんですよ。同じ時代に、同じ日本語でものを考えている批評家の中で、なぜ柄谷さんのものだけが滅びないで今でも読めるのかが不思議です。

ところで『トランスクリティーク』は、英語版と今度の定本版とはどのぐらい違っているんですか。僕は英語版はまだ読んでないんですが。

柄谷　ほとんど違わないです。『隠喩としての建築』についていえば、一九九二年でしたか、英語版を書くために徹底的に書き直したので、同じ題の日本語版とはまったく違います。十年ほど前に、あれは文庫版も絶版にしました。英語版の『隠喩としての建築』は、英米で建築に携わる人たちのあいだでは一種の必読書になっています。建築の分野では技術的で専門的な本が多いけれど、中にはもうちょっと哲学的に建築を考えたい人がいるでしょう。そういうものとしてはたぶん僕の本が一番ふさわしいと思いますね。

大澤　でも、柄谷さんがあれを書いたときは現物の建築にはあまり興味がなかったわけでしょう。まさに「隠喩としての建築」に興味があったわけで。でもそれがいまは本当の建築家によって読まれているという。

岡崎　僕はもともと美術で建築にも近い場所にいたわけですが、『隠喩としての建築』は初めからメタファーとしてじゃなく、実践的な理論として読んでしまっていましたね。

浅田さん、大澤さんがいわれた「移動」ということに僕はほとんど賛成なんですが、柄谷さんの移動というのは、サッカーでいうとフォーメーションを変えるみたいに、いつも「可能性の中心」というか、特定の人間めがけて思考の射程が変わっている感じを受けます。柄谷さんの本はいつも、それが果たして柄谷さんにとっていいことなのかどうかわからないけど、何か物を作ろうとしたり現状を変えようとしたりする人に対する影響力を持つ言葉に満ちあふれている。そして新しい版が出るとちゃんとその辺が現状に向けて見直されて、新たに組み立てられている。そういう意味では、あまり感染しすぎると危険。

とくに『日本近代文学の起源』は、最初の版とだいぶ印象が違っています。夏目漱石こそが近代文学を最も根本的に疑っていたというモチーフが最初から強く出ていて、近代文学と「可能性の中心としての」近代文学は違うんだとはっきりわかる。結局、三十年経って夏目漱石と柄谷さんだけが生き延びて、それ以外の近代文学は死に絶えてしまったことを宣告している印象がある。でも同時に、これを読むとまた勘違いして、「では、この方針で近代文学を立て直せばいいのだ」とポジティヴに考えちゃう人も出てくる気もします。

柄谷　本当は、『日本近代文学の起源』の新版では、序文に文学の現在及び将来について自分の考えをいろいろ書いていたんですが、最後に削ったのです。それは読む人が判断すべきことで、僕がとやかくいうことではない。というか、別の形でいったほうがいいから、この本では何もいわない。近代の文学の可能性を残したままで終わるというふうにしたんです。だから、その点で勘違いする人がいたらそれでもいい。むしろそれが望ましい。

岡崎　たしかに柄谷さんの著作はいつも徹底的に破壊しているようでいながら、同時に最後に何か「この方向に可能性がある」っていうヒントをどこかに入れている気がするんですね。どの時代に書かれたものでも、ある問題を徹底的に考え追い込みながら、次のジャンプへのきっかけというか、新しいプログラムがどこか見えてくるように書かれている。

「近代文学」の終りのあとで

岡崎　死ということでいえば、文学だけでなく美術も建築の状況も同じです。今日、建築家として建築を建てようとすると、つまり資本の流れにパッケージングするだけの役割でない、自立した形式として建物を構築しようとすると、建築の形式が国家を含めたすべての組織、あるいは今日、人間とはどういうものであるとされているか、を直接反映しているのだと自覚させられざるをえない。いいかえれば、そうした思考、制度、生産、流通機構のすべてを組み立て直すくらいの覚悟がないと自立した建築家たりえないわけですね。単なるデザイナーとして浮き名を流すだけです。逆に覚悟さえあれば、いまだ建築には国家や社会的な制度に対してディコンストラクティヴな影響を与えることができる力がある。そういう問題提起を『隠喩としての建築』はしていたと思う。でもそれを自覚的に受け止めた美術家も建築家も少なかったのかも知れません。柄谷さんの本を読んだ建築家はたくさんいるかもしれないけど、最近はますますそういう自覚がなくなって、つまり建築はもうほとんど芸術ともいえず、思想も批評性もまったくない、たんなるデザインになっている。逆に柄谷さんの本を通してル・コルビュジエやフランク・ロイド・ライト、ミース（・ファン・デル・ローエ）、堀口（捨己）、村野（藤吾）といった近代建築家を見直すと、彼らはその辺をきちんと自覚していたことがわかりますね。

柄谷　かつて文学の領域でも、批評家はもっと具体的な技術批評をやれ、もっと小説の書き方を示せ、という意見がありました。特に小説家がそういうことをいった。もっともらしく聞こえるんですけど、そのような意見を一番バカにしたのが中上健次です。中上は批評を読むのが好きでしたが、批評家に小説の技術批評なんてやってほしくない、第一そんなことができるわけがないと思っていた、そんなことを考えるのは小説家の仕事で、批評家がそんなことをいう必要はまったくない。「批評家の仕事は考えることだ」と中上はいっていました。

映画批評だってそうですね。カメラのアングルがどうのこうのとか、妙に技術のことをいうでしょう。カメラマンに殴られるよ。プロはそれしか考えていないわけですからね。素人のくせにそんなことを知ったかぶりしていうことが批評だと僕は思わない。建築にしても文学にしても、同じことです。とはいえ、僕も近代文学は一応自分の得意な領域でしたから、それがなくなったということにはなかなかつらいものがありますよ。以前浅田さんにいわれたけど、オリンピックの選手候補だったのが、種目自体がなくなったので出られなくなったようなものだと。

大澤　野球がオリンピックの種目から消えるとか、そういう感じですね。

浅田　文学のみならず、建築であれ、美術であれ、あらゆるジャンルにおいて、冷戦の終りから二〇世紀の終りを一つの節目として、内面の表現などというものがほとんど姿を消し、たんに表面的なイメージだけが世界市場で消費されて終りというふうになってきたことは事実でしょう。「近代文学の終り」がかくも即物的に実現されてしまったということは確かにショッキングには違いない。というか、七〇年代に「近代文学の終り」を宣告することが批評的かつ予言的なインパクトをもちえたのに対して、今ではそれをいってもたんなる既成事実の事後確認に過ぎないという徒労感しか残らないともいえる。しかし、ではほかのジャンル、たとえばオーディオヴィジュアルな表現に可能性があるのかというと、ないでしょう?

柄谷　ないですね。九〇年代に入って定期的に海外で教えるようになってから、僕は自分の仕事が変わってきたと思う。この間自分の生きている場所が半ば日本の外にあったわけです。日本にいて西洋からの思想を受け取ってどうのこうのと議論しているのではなく、僕にとってはそのような思想家たち自身がライバルであった。彼らを圧倒してやろうと思っていた。それは誰も日本語なら読まないからというので偉そうにやっつけるというのとは違いますよ。向こうも僕のことを知っているのだから。ここ十何年間そういう感じでやってきたのですが、ここ数年間に何か決定的に変わったような気がするのです。その理由は外国側にもあるし日本側にもある。

たとえば、僕は昔からあるプロジェクトを考えていました。それは日本の批評――哲学も含めてですが――を翻訳して海外に紹介するというものです。実際『近代日本の批評』（講談社文芸文庫）という形でその準備をしたし、テクストの翻訳もかなり進んでいたのですが、今世紀の初めに僕はついにそれを放棄したのです。僕は近代日本で考えられてきたことには普遍的な意味があるのだということをいいたかった。しかし、突然そういう気持がなくなってしまったのです。そんな意味が無効になったような気がしたのです。その上、この人たちも別に外国で読まれたいと思って書いたわけではない。もし彼らがそう思うなら、自分から外に出てやればいいわけです。僕の助けなどいらないじゃないか。

大澤さんがたまたま野球のことをいったからいうと、イチローが日米通算二千本安打を達成して、名球会入りを薦められたことがあったでしょう。イチローは日米で打ったヒットを足して二千本になるなんて考えていなかったと思う。名球会入りについては、彼は「ご迷惑でなければ喜んで入れていただきます」といっていますし、名球会を別に馬鹿にしているわけでもない。しかし、やはり日米のヒットは違うのです。でもそういうことをいいたくないから、黙っているのでしょう。僕がいいたい感じはちょっとそれに似ているかもしれない。日本の文学や思想の中にも一種「名球会」的なものがある。僕はそれを馬鹿にしない。しかし、今僕がやっていることがその延長だといわれるなら、違うといいたい。

浅田　前に小泉純一郎が国民栄誉賞を贈りたいと言ったのをイチローが断った、それは当然ですね。

七〇～八〇年代の柄谷さんは、日本という後発近代国家に逆にある種の普遍性を見出し、日本の文学や思想をそのような普遍性において海外に提示するという戦略を立てていたけれど、それはもうどうでもよくなった、とにかく自分が一人でやっていくほかないと思うようになった、と。しかし、さらにいうと、柄谷さんがイェール大学に行った頃はポール・ド・マンがいたしイェール学派もいた。フランスに行けばデリダのみならずドゥルーズもフーコーもいた。ところが、ド・マンやサイードといった人たちも亡くなり、アメリカに行っても本当に話の通じる相手を見つけるのが難しくなった。それはアメリカだけの話ではない。四半世紀経って、日本野球はもちろんメジャー・リーグももはや崩壊しているというか、文学や思想そのものがかつて信じられていた形ではもはや世界的に存在しなくなってしまった。

柄谷　ないですね。だから外国に行って「足して二千本」といっても、野球という競技自体がもうなくなってしまったというのに近い。

大澤　ある時までは、世界の方でもしっかりとしたスタンダードがあって、それを日本に輸入してうまくいくという相互的な関係があったんでしょうね。

柄谷　だから僕は一人になっちゃったと思うんです。自分と比べる人やライバルと思う人が外国でもいなくなってしまった。考えてみたら、僕の本を読んでほしかった人たちがもういない。

浅田　ヨーロッパでも、もうデリダ［二〇〇四年十月死去］やハーバーマスくらいしか残っていない。その仕事を研究して翻訳・紹介すればそれが意味を持つと思える人はもう実質的にいないわけですよ。それは当たり前のことで、だから当たり前のところに戻ったというべきかもしれないけれど、そこから来るショックは率直にいってまだありますね。

柄谷　歴史的にもかつてなかったんじゃないですか、こういう事態は。

普遍性を刻む

大澤　日本の思想が海外に紹介される場合、たとえば鈴木大拙が海外で読まれているといっても、それは文化人類学的興味でしょう。逆にたとえば廣松渉みたいなマルクスの読解をもっていっても、アメリカでは意味をもたないわけですよ。

浅田　文化人類学的興味、あるいは美的興味ですね。

大澤　そういう興味からではなく読まれた思想家や批評家は、今までほとんどいなかった、もしかしたら、柄谷さんが最初かもしれない。こちらに日本というローカルな共同体、あちらにヨーロッパの先進的で知的な共同体があって、その落差を使い、こちらで儲けるというような、言ってみれば商人資本主義的な思想や批評はすでに成り立たなくなっている。こういった状況が終わった地点で、柄谷さんの、カントやマルクスといった今日の日本に一見まったく関係ないものを読みながら、考えるという実験が始まったのだろうと思います。

岡崎　自分自身の経験をいうと、僕はあまり日本という場所を意識して活動しているという実感をもったことがないので、柄谷さんの著作も初めから、日本向けあるいは外国向けに書かれているといった感じをもったことが全然ない。

つねに「これが理論だ」という感じで読んでいたんですね。日本というローカルな場所で流通していようといまいと、書かれた場所に関係なく、初めから普遍的な理論を目ざして書かれているという明断さが柄谷さんのテクストにはずっとあったし、それは今も変わりません。僕は英語はあまりできないけれど、だから柄谷さんの書いたものを英語で読むと、こんな明晰な英語のテクストはないという感じがするわけです。むしろアメリカ国内で流通しているものの方がローカルに見える。特に美術批評なんかほとんどそうです。

イチローを例にすると、いまやイチローがアメリカの野球を救っているという感じがあるでしょう。たとえばボンズみたいな身体能力だけではもうダメ。オリンピックにしたって、世界記録が更新されなくなり、個人的な身体能力だけで他を圧倒するアメリカ型のスポーツはもう全部ダメになっている。結果は複数のメンバーから構成される要素の総合的な連携によってしか決まらない。ピンポイントでミサイル攻撃だけでは戦争に決着は到底つかないわけですね。ゲリラ戦というか、総合的な配置を読み込んだ上で論理を組み立てる、本当の意味で客観的かつ論争的でないとスポーツもできない。野手の配置すべてを無視できるホームランというのは、他者と直面することを避け、ひたすら主観だけを延長するやり方で、野球というゲームそれ自体を回避しているわけでしょう。

そういう意味でイチローは日本人が思う以上にアメリカ野球に対して影響を与えていると思うけど、それは彼が初めから野球の本質を明晰につかみ、野球というゲーム全体、フォーメーションを動かすのは何なのか、よくわかっているからであって、いわば柄谷さんの批評にもそれを感じるんですね。柄谷さんのテキストは、つねに全体のフォーメーションを読んだ上で移動する。移動しても、いつも目標は一つにきちんと絞り込まれている。全体の配置を変え、ブレークスルーできるのはどこなのか。

柄谷　イチローというのは、インタビューを聞くと野球選手としては変わっていますね。非常に論理的なんですよ。

岡崎　たとえば美術なんて言語に依っていないから、インターナショナルでありうるのが当たり前な世界に感じるけれど、実際はそれを取り巻く言説、流通機構がそれをさまたげている。世俗的なコンテクストに囲まれていて、ヒットが出ないようになっている。あらかじめドーピングして人間を捨てた人だけ例外としてホームランを打つ。フェアプレイなど存在しない。かつて僕もそうでしたが、こうした場所に違和を感じていて、これではダメだと思っている人たちにとって、柄谷さんのテクストは、日本やアメリカといった文脈と関係なく、いかなる文脈いかなるゲームであっても、それをブレークスルーする方法を示唆している。ブレークスルーするヒットはつねにアソシエーションとしてしか生み出されないと。

消耗戦略あるいは陣地戦の可能性

柄谷　この著作集のために自分の書いたものをここ一年ぐらいかけて一生懸命直してきましたが、うまくいったなと思うところは全部忘れちゃったんですね（笑）。覚えているのはうまくいっていなかったところばかり。だから何を書いたのかと今聞かれたら、そのうまくいっていなかったところしか頭に浮かばないんですよ。実際、ここ二か月ぐらいはそのことばかり考えています。

僕は『トランスクリティーク』で、資本＝ネーション＝ステートの揚棄への道筋を考えてきましたが、それをあらためて、一九世紀後半において考えてみたいと思います。マルクスは一八五〇年三月に「永続革命」について書きました。永続革命あるいは永久革命というのは、資本と国家が揚棄されるまで革命を続けるというような意味ではないのです。それには、特殊な意味があります。たとえば、ドイツは後進国であるが、革命はもはやブルジョア革命でとどまることはなく、そのまま社会主義革命に転化して、プロレタリア独裁に向かうというものです。それをマルクスは「永続革命」と呼んだ。

基本的に、これは一八四八年の『共産党宣言』にも書かれていた考えですが、本来ブランキの考えです。

しかし、一八五〇年九月に、マルクスとエンゲルスは、そのような考えを撤回したのです。つまり、彼らは資本主義が未発達なところで社会主義者が権力をとることに反対した。そんなことをしても、結局、ブルジョアがやるべき課題を社会主義者が実行するはめになるからです。一八四八年の革命は市街戦でしたが、そのようなやり方は、それ以後の産業的発展の下ではもはや通用しない。しかし、それなら、一八四八年以後の革命、現代の革命はどのようなものとなるのかというと、はっきりしたものがない。一八九五年に、エンゲルスは、四八年までの革命は、軍事的にいえば「打倒戦略」であり、それ以後は「消耗戦略」でなければならないといっています。

最近気づいたのですが、グラムシがいった「機動戦」と「陣地戦」という有名な軍事的な比喩は、エンゲルスから来るのでないかということです。実際、グラムシは、一八四八年の革命までは「機動戦」であり、それ以後の革命は「陣地戦」でなければならないといっている。そして、ロシア革命は機動戦であるから、市民社会の発達した先進国にとって参考にならない、と。

しかし、エンゲルスは「消耗戦略」がどのようなものなのかを明確にしていません。だから、イギリスでもドイツでも、革命運動は議会主義的な社会民主主義になったし、その結果、ベルンシュタインのように社会主義革命を否定する修正主義も出てきた。

ほんとうは「消耗戦略」はそういうものではないと思います。が、その可能性を問う前に、初期マルクスの「永続革命」論を引っ張り出してきた奴がいる。それがトロツキーです。彼は一九〇五年の第一次ロシア革命の経験から「永続革命」ということを言い出した。それは強引に国家権力を奪ってプロレタリア独裁、事実上、党による独裁を実現し、そのまま国家と資本の揚棄まで突き進むという、無謀な考えです。彼はそれを一八五〇年のマルクスの発言から引用してきた。しかし、マルクスがそれを否定したことを無視しています。トロツキーは、マルクスが否定した「段階の飛び越え」が可能だと考えた。つまり、「社会主義革命」はロシアのような後進国で可能であるばかりでなく、むしろそこで先に起こると考えたのです。

来るべきロシア革命はブルジョア（民主主義）革命でしかないと考えていたレーニンは、ずっとトロツキーに反対していましたが、一九一七年四月の時点で突然「トロツキスト」に転換し、十月にクーデターを強行しました。他のボルシェヴィキ幹部はみな反対した。ちなみに、スターリンはその時点までただの革命的民主主義者でした。だから、そもそもトロツキーとレーニンが十月革命を強行していなければ、スターリニズムなどありえないのです。また、彼らが十月革命を強行したのは、その後ヨーロッパの革命があることを予期していたからだというのですが、むしろ、そのようなクーデターの先行こそ、その後のヨーロッパ革命を妨げたのです。そして、その暴力革命の脅威がイタリアやドイツにファシズムを招いた、といってよい。したがって、トロツキーの永続革命論がなければ、そして、それをレーニンが受け入れなければ、二〇世紀の歴史はまったく違ったものになっていたはずです。

しかし、二〇世紀末、ソ連邦の崩壊によって結局ベルンシュタイン的な社会民主主義や修正資本主義が勝利したことになってしまった。僕はそれらを超える道を、トロツキーやレーニン、ローザ・ルクセンブルグの方法ではないところに探してきたわけです。それは後進国の革命をあてにするのではなく、まさに先進資本主義国で(社会民主主義以外に)何がいかにして可能かを考えることです。僕が『資本論』の読みにおいて、流通過程を重視し、「消費者としての労働者」の闘争という観点を提起したのはそのためですが、それは、ある意味で、「消耗戦略」あるいは「陣地戦」の可能性を考えることだということに気づいたのです。

浅田　社会民主主義はつまるところ資本主義＝国民＝国家の三位一体から出られず、平和主義を唱えてみても自己欺瞞でしかない、それは第一次世界大戦のとき明らかになった通りです。レーニンとトロツキーのボルシェヴィズムを否定したところで、そういう社会民主主義に回帰するのでは、たんに後退でしかない、というわけですね。

NAMを振り返って

浅田　では、旧社会主義圏の崩壊以後、他にどのような理論が提出されているか。一つの例として、アントニオ・ネグリとマイケル・ハートが『帝国』と『マルチチュード』で展開している理論があります。いまやグローバル資本主義の下でアメリカ一国を超えた世界大の「帝国」が成立しているが、その「帝国」の権力とは、即、「マルチチュード」(群集＝多数者)の力能にほかならない、と。しかし、あれも実は古いマルクス主義と同じく生産と労働の場面に定位して、「万国の労働者よ団結せよ」というかわりに「世界の有象無象《マルチチュード》よ一緒にだらけよう」といっているに過ぎないと思うんですね。ところが、柄谷さんは、生産ではなく交換の場面、「売る立場」が問題になる場面に定位してマルクスを読み直すことにより、まったく新しいパースペクティヴを開いた。労働者は消費者でもあり、したがって消費者運動とは労働運動でもある、そこから新しいアソシエーショニズムを構想していかなければならないし、また、その延長上に「可能なるコミュニズム」を展望することができるのだ、と。

柄谷　ただ、僕はその考えに関して自信をもつ状態とまったく自信をもてない状態をずっと繰り返しています。一日のうちでも何回も、「これでいいんだ」「いや、駄目だ」とか。でも、信仰とはこういうものかなと思うね。
浅田　『柄谷行人初期論文集』［インスクリプトから『思想はいかに可能か』と改題のうえ再発売された］に収められた「思想はいかに可能か」は、吉本隆明／江藤淳／三島由紀夫の三人を知的なもの／倫理的なもの／美的なものに対応させた上で、自身はそのどれでもない中間点に批評の基軸を置くという構造になっていた。『トランスクリティーク』にも実はそれと同じ構造があって、資本主義＝国民＝国家を交換／互酬／再分配の三位一体として分析し、それを感性／想像力／悟性と重ね合わせもした上で、その三極のどれでもない第四極にXとしてのアソシエーションが置かれている。では、そのXとしてのアソシエーションとは一体どういうものなのか。
　そこでは、中心があってはならないがなくてはならないというアンチノミーを解決するためくじ引きによる選挙によって中心ならぬ中心を選ぶとか、貨幣があってはならないがなくてはならないというアンチノミーを解決するためLETSのような地域通貨を導入するとか、いくつかの具体的な提案もなされているけれど、『トランスクリティーク』が批評空間社から出された段階では、今いったような提案も含め、New Associationist Movement（NAM）という具体的な運動のなかで実践的に答えを与えていくほかないということだったと思います。「これがアソシエーションだ」と上から規定したとたん、それはアソシエーションの原理と反してしまうので、現実にアソシエーションの運動をやっていくなかで実践的な解決を探っていくほかない、と。
　そこであえてお聞きすると——僕自身、NAMの創立メンバーではなかったものの、NA

Mが人間関係の軋轢から困難に陥った時点で柄谷さんに要請されてNAMに加わりつつ、ほとんど何もしないまま問題が悪化していくのを座視して放置したという経緯があるので、柄谷さんに責任を問うような立場にはまったくないんですけれども――事実として日本でNAMの実験はうまくいかず、二〇〇三年に解散にいたった、そのことを今どのように考えられますか。あの段階では「自分は運動家ではなくて理論家なんだから」といわれていたわけですが、いまも運動によって実践的解答を与えるべきだと考えておられるとしたら、あの失敗から学ぶべきものは何だと思われますか。

柄谷　まあ、僕は運動家じゃないのは初めからわかっているので、二、三年で誰か実践的なリーダーが出てきたら引っ込もうと思っていましたが、僕が悠然と引っ込めるような体制になりませんでした。NAMがうまくいかなかった理由の一つは、まずインターネットのメーリングリストに依存しすぎたことです。それは基本的に海外にいることが多い僕の都合から出てきたやり方で、それが失敗につながっていたと思う。本当にやるつもりだったら日本にずっといないといけないし、実際に人に会わないといけないでしょう。それをしないで自分の場所に都合のいいように運動を起こしたために、結局そのことの弊害を僕自身が受けることになった。もう一つは、運動に経験がある未知の人たちに会って組織すべきだったのに、僕の読者を集めちゃったわけね。インターネットでやればどうしてもそうなる。それで、柄谷ファンクラブみたいになってしまった。しかし、ファンクラブというのは実は互いに仲がわるいうえに、僕に対して別に従順ではなくて、むしろ柄谷批判をすることが真のファンだと思っているから、その中で軋轢が生じる。

浅田　過剰な転移が反転して「これは私の信じていた柄谷行人ではない」とか叫び出したりする。

柄谷　そうなると、ちょっとほかの人たちは割り込めないような感じになってくる。実力のある人、自立した人たちが入って来たとしても、そういう雰囲気の中だとイヤになって、こういう形では集まりたくないと考えたと思います。僕もいやになった。実は、〝ファンクラブ〟がなくなっただけで、NAMのネットワークは今でも続いています。そして、実践的にはNAMはこれからだと思う。理論的には海外で評価が高まっています。たとえば、僕は来年クロアチアの活動家グループから講演に呼ばれているのですが、彼らは元ユーゴの労働者自主管理、生産協同組合をやってきた連中で、その経験を反省しつつ何とか活かしていけないかと考えているときに、NAMを知ったというのです、もちろん『トランスクリティーク』を読んだからですが。

X＝アソシエーションとは何か

大澤　浅田さんがおっしゃったように、柄谷さんは、市場の商品交換、レシプロシティー（互酬制）、収奪（再分配）、それらが通常の「交換」の三つの形態であると分析した上で、それらに対して第四の形態としてアソシエーションがあるという提案をしている。最初の三つは、教科書的にいうとカール・ポランニーのいう、財のフローの三分類に対応している。僕の想像では、柄谷さんは、ポランニーの議論を意識して三つの「交換」の形態を取り出したのではなくて、たぶん自然に考えているうちに結果的に似てきたんだと思うんです。ともあれ、ポランニーの段階論的な分類に対応するくらいですから、この三つは歴史的にすでにあった形態です。それに対して、理論的にはありうるけれどまだ実現していない「交換」の形態がアソシエーションということになると思うのですが、僕はそれが何であるかが、いま一つわからないんです。

柄谷さんの議論に少し僕の意見を付け加えると、柄谷さんは三つに分けたけど、僕は「交換」というのは結局は二つに圧縮できると思っているんです。互酬制を帰結する贈与と、普通の市場交換です。再分配というのは贈与と反対贈与が中心化した形態であって、要素的なコミュニケーションの形式としては贈与に近いといえる。だから歴史的に人類が実現した交換形態は今のところ贈与か、もしくは市場で行っているような商品交換、煎じ詰めればその二種類なのではないか。

柄谷　いや、僕はその考えに賛成できない。僕は交換の諸形態を、現在から系譜学的に遡行して考えています。たとえば、原始共産主義社会があって、それから階級社会、国家が出てきたという見方がありますが、僕はそういう考え方を認めない。相手のものを奪うということは他者との根源的な関係の一形態であって、ある段階から出てきたものではない。ポランニーは再分配というけれども、その根本は収奪にあるのです。収奪しつづけるためにこそ相手を保護し再分配する。しかし、それを広い意味で交換と見ることができると思います。だから、これは交換でないというのであれば、大澤さんがいうように交換は二つしかないということになりますけれどもね。ただ、前資本主義的な支配・搾取の関係を交換としてみることによって、それを政治（上部構造）ではなく、広義の経済（交換）の一環としてみるのが僕のモチーフなのです。そこで、第四極のXが出てくる。そうすると、これまで資本主義（経済）、国家（政治）、農業共同体、アソシエーションなどと、ばらばらに扱われるか下部構造と上部構造というふうに見られていたものを、交換の諸形態として構造的に把握できるのです。

ところで、僕は『トランスクリティーク』ではXのことをアソシエーションと書いたけど、第四巻（『ネーションと美学』）ではたんにXと書いていいます。Xはユートピアです。つまり、現実にある場所ではない。このXがアソシエーションとして最初に現れたのは普遍宗教だと思います。それは共同体を否定し、且つ市場社会を否定するところに出てきます。ブッダもイエスも、孔子でさえもその点では同じです。普遍宗教は一種のアソシエーションとして出てきます。もちろん、それは発展するにつれて、必ず共同体か国家の宗教になってしまいますが、原典のテクスト自体がそのようなXの空間を呼び返すところがある。その結果、宗教改革が起こったわけですが、それは同時に社会運動であって、それ自体千年王国的な農民戦争や社会運動に転化した。一方、イギリスの市民革命などもピューリタン革命として起こった。ある意味で、国家と資本の揚棄という問題は、古代の普遍宗教からあるわけです。そして、社会主義運動はどうしても宗教の位相に根ざすと思います。しかし、僕の仕事はその根拠を構造論的に示すことです。

大澤　Xが目指しているイメージは、超越論的仮象として否定的・消極的に示されているという感じはわかります。が、それでも、ポジティヴに何であるかと捉えようとすると、やはり難しいですね。

柄谷　ポジティヴにはいえないですね。カントでいえば、それは理念ですね。超越論的仮象であるが、統整的に働く理念。国家と資本が揚棄されるまで革命が永続するとマルクスがいうのも、そういう意味だと思います。その意味で、Xという次元は宗教的あるいは理念的なものにきわめて近いと考えたほうがいいと思うのです。しかし、僕はそこにいたる道筋を構造論的にあるいは唯物論的に示せると思います。その意味では宗教ではない。

　僕の考えでは、マルクスの方法はいわゆる史的唯物論といったものではない。『資本論』を見ると、それは一種の系譜学であり、資本主義経済の生成を論理的につかむ方法だと思うんです。僕もそのような方法で考えている。つまり、現代の国家や資本を遡行的に考察することによって、さまざまな交換形態とそれらの組み合わせが見えてくる。それは、古代から世界史的な発展を考えるということではない。そのようなやりかたでは資本＝ネーション＝ステートという構造が出てこない。したがって、それを揚棄するという道筋も見えてこない。

浅田　再確認すると、現在ある資本主義＝国民＝国家から遡行していって、交換と互酬と再分配という原理を見出す、と同時に、その三つに尽きない可能性としてXがあり、逆にそのXがあるからこそかろうじて社会が機能してきたんだということを見出すわけですね。ただ、大澤さんがおっしゃるように、Xというもののポジティヴなイメージを描くのは、まだ非常に難しいと思います。

それに関連して柄谷さんが言及された普遍宗教（世界宗教）を創始した人たちも、もともと宗教批判として運動を始めたわけで、柄谷さんが注目されるように、たいてい「ああでもない、こうでもない」というような微妙な言い方をしている。しかし彼らの教説は弟子たちによって「こうである、だからこうせよ」というように単純化され、新しい宗教として直ちに体系化されてしまうわけですね。マルクスのやったことだって国民経済学批判なんですが、それがまた弟子たちによって「マルクス主義」として体系化され、あげくのはてにレーニンやトロツキーの誤謬にまで至りつくわけです。

とすると、結局このXというのはネガティヴな形でしかいえないものなのか。また、それが批判という形で提示されたとして、そのままの形では維持され得ないものなのか。あるいは、それは理論ではなく実践を通じて示すべきものなのか。

柄谷　その辺はまだ曖昧ですね。資本制＝ネーション＝ステートについていうと、ネーションはすでに一度Xに媒介されることによって成立しています。それは民族（エスニック）とは違う。つまり、この三位一体の外にXがあるのではなく、この三位一体そのものがXをはらむことによって成立している。だから、Xはこの三位一体の外部にではなく、この三位一体の内部から出てくると思います、要するに、特にXのことをポジティヴに考えなくても、資本制＝ネーション＝ステートへの対抗の中からXが出てくる。僕はそういうイメージで考えています。だから、道筋さえ示せば、具体的にXがどのようなものかを考える必要はないと思うのです。

マルクスは『資本論』で経済的な交換の位相だけを考えています。国家やネーションをとりあえずカッコに入れている。しかし、当然ながら、それらは連関させて考えないといけない。そこで、『ネーションと美学』では、僕はまず、ネーションはたんに「想像の共同体」（アンダーソン）なのではなく、国家と市民社会（資本）を媒介する想像力と同じ位相にあると考えた。つまり、ネーションがそういう三位一体の構造においてあるのだということをまずいいたかった。そこはうまくいっていると思うけど。

浅田　ええ、資本主義＝国民＝国家が「ボロメオの環」のような三位一体構造を成しているという分析は、実にブリリアントだと思います。けれども、ブリリアントであればあるほど、実現していない残りのXというものが想像しにくくなるわけですね。

大澤　そう。結びついたこの三つで全部じゃないかと思ってしまうんです。

浅田　そこで「ボロメオの環」がすべてだといってしまうと、ラカンやジジェクのように、その中でやるしかないということになってしまう。すると、冷戦末期のジジェクのように「民主主義は最悪だが、問題はベターな体制がないことだ」というチャーチルのシニシズムを肯定するといった態度に帰着するわけですよね——あるいは、その反動として、冷戦終結後、グローバル資本主義に対しあえて（つまり実はシニカルに）レーニン的なドグマティズムを肯定するといった態度に。そうではなく、ポジティヴにXというものを構想しなければいけないし、それは可能なはずだというのが、『トランスクリティーク』以来の大きな主張だったはずですが……。

柄谷　ただ、それをたんにポジティヴに志向するとだめですね。たとえば、NAMでも地域通貨をやりたがる人が多かった。地域通貨だけを。しかし、僕の考えでは、それは生協とか実践的な対抗運動があった上で初めて成立し且つ機能するものです。それなしに地域通貨が定着することはない。要するに、資本制＝ネーション＝ステートへの対抗運動の中に、Xへの契機が出てくるのだと思います。そうでなくXを積極的に求めれば、ヒッピーのコンミューンとか山岸会みたいなものになってしまう。

僕は資本制の外にXを創るというのではなく、資本制の中にそれを創る契機を見いだすべきだと思うのです。それが「消費者としての労働者」の闘争ですね。その場合、僕はあくまで先進国での闘争を考えています。だから、困難なのです。資本主義における資本制＝ネーション＝ステートの環が未完成の場所であれば、革命を実現するのは難しくない。もちろん政治革命でしかないけれども。グラムシもロシア革命について、それが可能だったのは「東方では、国家がすべてであり、市民社会が原生的でゼラチン状であった」からだといっている。僕は市民社会というより、ネーションができていなかったと思います。あれはたんに皇帝が戦争していただけでしょう。

浅田　できていなかったことは、現状を見ればわかる。

柄谷　今のイラクだってネーションはできていないですよ。それを民族（エスニック）と混同してはいけないし、宗教（イスラム）と混同してはいけない。でないと、ネーションというものがいかに高度な構築物であるかを見そこなうことになる。とにかく僕が考えたいのは後進資本主義国家ではなくて、三位一体の環が完全に完成してしまっている先進資本主義国において どのようにそれに対抗できるか、という問題なんです。

大澤 わかるんですが、たとえばいまお話をうかがって、それを僕が誰か別の人に「柄谷さんのいっていることはこういうことだよ」と説明できるかというと、やっぱり難しい。

柄谷さんのネーションの説明で非常に面白いと思うのは、それを帝国との関係においてとらえているところです。ふつう帝国とネーションはまったく対立する原理だと考えるわけだけれども、そして、無論、柄谷さんもまた帝国とネーションの差異は前提にしているわけですが、それだけではなくて、柄谷さんの論では、帝国という地があってはじめてネーションが可能になってくると説明される。帝国は、一般には、多民族的に構成されていますから、ナショナルな原理とは違ったメカニズムに依存している。実際ナショナリズムよりも前に帝国という社会形態は見出されている。しかし、それでも、帝国がなければネーションは出てこなかった、というわけです。もしこれが正しいとすると、ネーションの中にナショナリズムについて理論家が発見していなかったような何かが働いているんだろうという、見通しがたつことになる。たとえば、こうした点を手がかりにすれば、ネーション（やその他の社会の諸形態）の中にもすでに機能しているはずの、そのXの原理を取り出すことができるのではないか、と思えてきます。実際、帝国は、通常、多民族を統合するために、普遍宗教をもつわけですが、先ほどのお話ですと、普遍宗教は、本来は、まさにX（アソシエーション）に依拠している。ネーションが、その帝国という地を前提にして分節されているとすれば、ネーションの中にXが入り込んでいる経路を見いだせるかもしれない。

ともあれ、僕自身、柄谷さんの本を読むことで、考えの建て直しを余儀なくされることが、何度かあります。先ほどおっしゃったような、社会民主主義で全部行くというのでは何か根本的におかしいぞ、と思っている人は実際にはたくさんいる。だけど、その感覚に対して適切な概念がみつからないんです。それに対してアソシエーションをベースにしたコミュニズムというのがありうるんだと柄谷さんがはっきりいうと、そういう人たちに初めて言葉が与えられる。そういう解放感は強くあるわけです。

しかし、それでも、というかそれだけに、垣間見られた解放への手がかりが何であるか、しかとつかみたい、という欲求も強いわけです。

アソシエーションということが何であるか、をです。たとえば、僕が専門としている社会学だと、アソシエーションという言葉は、しばしば、コミュニティという言葉とセットになっていて、両者は対概念になっている。この対概念は、マッキーヴァーが提起したものですが、ゲマインシャフト／ゲゼルシャフトという対と――同じではないけれども――少し似たところがある。つまり、コミュニティとは、柄谷さんの言葉で言えばレシプロシティー（互酬制）によってできるような共同体です。それに対しアソシエーションは都市的な関係性で、どちらかというと商品交換とセットになっている。

浅田　会社とかね。

大澤　そのようにアソシエーションは商品交換の市場から独立した原理ではなく、それとセットとなる関係や集団として考えられるのが普通なんですね。だけど、柄谷さんの言うアソシエーションは、それとはまったく違う意味です。それを僕らはどうつかんだらいいのか。ここまで提示していただいた以上、具体例というか、「これこそアソシエーションだ」というものをつかみたい気持ちが、どうしてもあるんです。

アソシエーションの契機としての連句

岡崎　話を戻してしまいますが、『日本近代文学の起源』の「ジャンルの消滅」の章で、芭蕉が連歌を否定して、俳句（俳諧連句）を作ったという話がありますね。連歌というのは初めから共同体的・ギルド的な場が前提となって、芭蕉はそれを否定、切断した。この連句の話で一番面白いのは、その否定の契機として、独吟連句といって、自分一人でやる形式が出てくるという点です。自分で句を詠んでおいて、次の瞬間に同じ自分の句を、他者として接して別のコードで別の句として読みかえていく。つまりあらかじめ作り手と受け手という役割分担が共同体的に安定してあるのではなくて、むしろ句を詠むたびに同じ主体が作り手と受け手に分裂していってしまうという契機がある。いいかえれば同じ一つの句それ自体が、そもそも、複数の分裂した主体の交換、異なる読みの交換の結果としてあるということでしょうか。交換という場として、ものを生産するとはそういうことだと、僕なんか納得してしまうのですが。こういう分断がまずある。あらかじめ、それが回収されるだろう場所があるのではなく、こういういかなる場所にも回収されえない不確定の場面がブラックボックスのように一つの句に包摂されている。だからといって、これは各人が孤立して結びつかないというわけではなく、このことが逆に新しいアソシエーションの契機になる。そう僕は読んだんですけれど。

いわば共同体的な連歌を否定して、連句を各人が結びつく契機として見いだす芭蕉にとって「俳諧的なもの」は、むしろあらかじめ共有されているコードの切断というか、いわば確定しえない死こそを接続の原理として導入することなんではないかと。

それと関連しますが、NAMの議論の中で、消費者という立場に批判の契機を見出すとしたときに、そこに時間という観点を入れた点が僕は画期的だったと思ったんです。消費というのは同時的なものではなくて、一時間遅らせて買うだけでも違った影響がある。非同期的な時間の遅れ、個々の消費者が決断するときに、それぞれ一瞬、時間を支配する瞬間がありうる。早くすることも遅延することもできる。こういう、それぞれの主体が互いに同期していなくて、むしろ切断されうるということこそを、抵抗の契機として捉えようとしていた点が、NAMという運動の可能性だったと思うんだけれども。

柄谷　僕が今回『日本近代文学の起源』を改稿したとき、芭蕉の俳諧連句とか座について書いたのは、もちろんアソシエーションの問題を暗黙のうちに考えていたからです。これは昔の版にはなかった。やっぱり現在の視点ですね。

浅田　芭蕉は連歌がそれに基づいていたような共同体を否定して、一人でも連句ができるといいながら、別の「連」ないし「座」を形成し、そのネットワークをたどって旅し紀行を書いたわけでしょう。共同体を否定した上でできあがるそういう「連」や「座」のようなものがアソシエーション的なものとしてあって、それは作品のなかに抽象的にあると同時に、彼らの具体的な生活の中にもあったわけですよね。たとえば近代絵画の草創期に印象派などがグループを作っていたときでも、もちろん市場で絵を売るとか、官展で国家に認められるとか、そういうことを重視するわけだけれど、それだけではなく、やはり何らかの形でアソシエーション的なことをやっているわけですよ。具体的に見ていくと、そういう例は多いんじゃないでしょうか。

柄谷　そうですね。近代文学というのは何となく、内面的で孤立した個人がやるもので、他人と一緒に活動することを堕落と見なすような、そういうイメージが今でもあります。僕から見ると、全共闘というのは本来アソシエーションの運動であったのですが、物書きとして残った人たちは、その種の近代的内面性の強固な支持者たちですね。彼らはちょっとでも連帯的な行動が現れると必ず非難して回る。

岡崎　そういいながら、初めから、みんな同じ穴のムジナだろう、そうでなければならないということを前提にしている。

柄谷　今から思うと、一九五〇年代に花田清輝や廣末保などはいわばアソシエーションについて考えていたのだということが見えてきます。そのような可能性を殲滅してしまったのが吉本隆明ですね。その時は、僕も花田らがやろうとしていたことがよく分からなかったのです。しかし、僕は一九七〇年代の後半には、近代文学のそのような「内面性」を否定しようとした。それが『日本近代文学の起源』です。でも以前は否定するばかりで、積極的な方向性を示せなかった。今回はそれを示せたと思う。とはいえ、それは明治の日本の話であって現在の話ではない。その意味では、現状について何もいっていいない。しかしこれを読むと、さっき岡崎さんがいったように、「ではこの方法でやろう」などという人が出てくる可能性がある。

岡崎　とれるのはキャッチコピーだけで、方法はかすめ取れないでしょう。連句について一番重要なポイントは、連歌が初めから相手と合わせることを前提にしているのに対して、一人で連句をやった場合は逆で、切断し、コードを変更し、自分を分裂させないと成り立たない。むしろ切断することによってつながるということがある。実際に物を作ったり、商品を開発したりするときは、必ずそういう場面がある。

柄谷さんが『ネーションと美学』でアダム・スミスのいう「想像のはたらき」について書かれているけれども、同じく日本論とかいうと、あらかじめ日本的な美というものがあるかのようになってしまうけれど、むしろそのような、あらかじめ確保された共同性が無いということこそが、その存在を要請するという点が重要だと思います。その順序が、いわゆる唱歌ではひっくり返って理解されてしまうわけですね。あらかじめ共同体があると。たとえば憲法でも、まず初めに到底お互いに理解しえない他者がいることが前提となって憲法があるということが、今はひっくり返っちゃっている。憲法の前にあらかじめ「現実」とよばれる「なあなあ」の合意事項があるかのように考えられている。なあなあでやれるんだったら憲法なんかそもそも必要ない。

アソシエーションという普遍性

大澤　ちょっと角度を変えて質問します。というのは、これから伺いたいことは、岡崎さんが今話された、連句の、自己の内的な分裂を媒介にした繋がり、というようなこととも関係すると思うからです。

理論的なことに興味のある左翼に最も尊敬されている思想家というと、ハーバーマスとデリダだと思うんですね。二人ともかなりの歳ですが、逆にそれだけに発言力をもっている。この二人は一般的にモダニストとポストモダニストとして対立しているようにいわれるけれども、煎じ詰めれば両者同じところに行き着くようなところがある。実際、近年では、二人は手を組んで行動している。ただ、まずは、両者の相互批判のあり方を見ておきたい。それによって、かえって、二人が行き着く「同じところ」の閉塞が見えてくるからです。二人は、ともに「他者の尊重」とか、「他者への寛容」といったことを、現代風に論じている。

一方で、ハーバーマスは長いあいだコミュニケーションについて考えていて、「主人と奴隷」のような支配と服従の関係を生まない、本来あるべき、水平的なコミュニケーションがいかにして可能か、といったことを考えてきた。そうしたコミュニケーションから合意される規範こそが、普遍的な妥当性があるだろうと主張するわけですが、その前に、「主人と奴隷」にならない、水平的なコミュニケーションのためにはメタ規範が必要だという。規範はコミュニケーションによって生成するとしても、その規範を生成するためのコミュニケーションにはメタ規範が必要だとして、そのメタ規範を定式化するわけです。

これをデリダ側から見ると、ハーバーマスの態度は中途半端に見える。そんなメタ規範を立ててしまえば、本来的な他者とは出会えないいんじゃないかという話になる。つまりハーバーマスのメタ規範のアイデアは西ヨーロッパ世界で成り立つ討論のイメージから来ていますから、そういうことを受け入れるとは限らない、もっと法外の他者がいるじゃないかということになる。一見デリダの主張のほうがラディカルっぽく聞こえるけれど、逆にデリダは、では法外の他者とどうやってつき合うかをいわないんです。したがって法外の他者が静かにしているあいだはいいんだけど、今日のようにテロリストだったりしたら対処できない。結局、いくらデリダ派といえども話し合いをしてくれるようなやつとしかつき合わない。結果的にはデリダとハーバーマスの言い分は実践的にはあまり変わらないということになって、実際に、先ほどもいったように、デリダ派がハーバーマスに歩み寄るような事態になっているわけです。

こうして、両者は、互いに批判しながら、同じところに収束してしまうわけです。ハーバーマスの本音は、やはり社会民主主義だと思いますが、柄谷さんの論はそこを乗り越えるものがあるという感じがする。「教える／学ぶ」という関係を基礎にしてアソシエーションということを考えているとき、ふつうに話して話の通じない他者ということが念頭に置かれていると思うんです。あくまで教科書的な整理で、デリダとハーバーマスを厳密に読んでいる人には怒られるかもしれないけど、今いったようにデリダ対ハーバーマスが対立しているようでいて閉塞している状況において、柄谷さんはその外にもう一つ他者を実質的に導入する原理としてのアソシエーションを考えられているんじゃないでしょうか。

柄谷　そうですね。僕も理論的に考えているときと、実践的にやるときとは判断基準がかなり違います。実践的には、ハーバーマスでもいいと思います。ただ理論的には否定したい。たまたま今日、マルクスに関して博士論文を書いているイギリス人からメールが来た。彼は、エルネスト・ラクラウからジジェクにいたるポストマルクス主義者がやってきた普遍性に対する批判、つまり普遍性というのは結局のところ不可能だという批判に対して、僕がカントを通して考えている普遍性の議論が重要だと書いていました。

たとえば、ハーバーマスは普遍性を共同主観性(公共性)によって基礎づけようとした。しかし、これは普遍性が不可能だという議論と実は同じです。普遍性とは何かというと、いわば普遍的命題(全称命題)がいかにして成立するかという問題になります。たとえば、「すべて人間は死ぬ」というのは全称命題です。その場合、みんなが同意しても普遍的命題は成立しない。普遍性は共同主観性とは関係がない。それに対して、カール・ポパーの考えでは、「普遍的命題」というのはまずそれを仮説として立てて、誰かの反証を待つ、反証がないかぎり、それは暫定的に普遍的命題だと見なされる、ということになります。同意する他者がどれだけいても普遍的命題は成立しない。反対してくるだろう他者がいるかもしれないということを想定することで、成立するのです。この場合、ポパーはカントを主観的だといって批判しているけれども、カントがいう「物自体」というのは実はそういう他者のことです。勝手にこちらが感情移入したり内面化してしまえないような他者。

僕は他者についてはそれまでも書いていましたが、『トランスクリティーク』で画期的な飛躍があったとしたら、それは「他者」を「死者」と「まだ生まれていない未来の人間」に見出したことです。生きている人間なら、どんな外国の異教徒であろうと交渉ができる。たとえば、環境問題に関して、お金を援助するから目をつぶってくれとかいえるし、それで同意を得ることもできる、しかし環境問題について、まだ生まれていない子孫の同意を得ることができるか。環境汚染や地球温暖化で被害を受けるのは、子孫のほうです。ハーバーマス的な共同主観性や公共性にはそのような他者が抜けている。その意味で、普遍性を共同主観性と見なすのは間違っていると思う。ハーバーマスのような考えは、ナショナリズムではないとしてもヨーロッパ主義あるいは西洋的理性に帰着すると思います。

大澤　学生に『隠喩としての建築』を読ませたときに、彼らが一番つまずいたのはその普遍性に関する議論です。普遍性と一般性（共同主観性）とが違うということが強調されており、その違いは、単独性と特殊性の違いと並行している。特殊性とは区別された単独性に関しては、「私」というものを——たとえば「学生である」とか「日本人である」とかといった具合に——特殊化して説明されたときに、「ちょっと違うよな」「それでこの私は尽きないよな」という実感に訴えるところがあって、まだ理解させることができる。しかし柄谷さんの議論は、さらに単独性が普遍性に直結していくという論理になっていて、そこでつまずく。この普遍性は共同主観性とか一般性とは違うという。おそらく柄谷さんの考えるアソシエーションとは、その普遍性の原理の社会的対応物でしょう。一般性とは違う普遍性とは何なのかという部分が、岡崎さんがいわれた「わかる人にだけわかる」

ところだという感じがするんです。

柄谷　うーん、もうちょっと説明がいるかもしれないね。すみません。

デリダ的閉塞を超える

浅田　ハーバーマスとデリダの問題を別の角度から言うと、デリダは『ポジシオン』に収められた有名なインタヴューでいわば二重底の戦略を唱えているでしょう。たとえば男性（man）が女性（woman）を差別しているとき、第一段階ではその力関係を逆転して女性を復権しなければならないけれども、それだけでは人間として解放されたはずの女性が男性となった自らを見出すという結果に終わりかねないので、第二段階では男性と女性が載っかっている人間（man）という土台自体をディコンストラクトしなければいけない、と。

柄谷　二段階革命論だね。

浅田　そうすると第一段階ではデリダはハーバーマスと共闘できる（ブルデューと共闘できたように）。非抑圧者のためになるなら社会民主主義で結構、と。しかし、自分はそれで問題が終ると考えるほど浅薄ではない、同時に第二段階としてデモクラシーといった理念そのものを徹底的に脱構築していく無限の作業が必要であることを知っているのだ、と。これは理論的には批判の余地がないほど正しいけれど、現実的にはたんなる逃げ口上といってもいいほど空疎な立場です。実践においてはとりあえず社会民主主義でいい、それ以外は書斎で無限の脱構築をやっていればいい、と。むろん、こういう戯画的な単純化はデリダに対し不当であるとは思いますけれど。

柄谷　埴谷雄高がそうだった。
浅田　そういう否定神学的な永久革命論ではダメだ、何かポジティヴな提案を示さなければならないというのが柄谷さんの立場でしょう。
今いったデリダとハーバーマスの共犯関係において、あるいは埴谷雄高において見られるのは、常識的な意味でのカント主義ですね。実践的にはとりあえず社会民主主義でいい、しかし統整的理念として「来るべき民主主義」があり、それは来てしまったらもう「来るべき」ものではなくなるのでつねに地平線の彼方に逃れていくものだけれども、それを無限に思考し続けることが大事だ、と。こういう議論はどうしてもカント主義のネガティヴな部分を代表してしまうことになるでしょう。それに対して柄谷さんは、カントをマルクスにつなげて読むことで、まったく別のポジティヴなヴィジョンを引き出そうとしているところが新しいと思うんです。
さらに、大澤さんが整理されたことに補足すると、左翼で社会民主主義に飽き足らない人はどうするかといえば、一部はラカンやアルチュセールの延長上でバディウやジジェクが唱えてみせるような左翼ドグマティズムに走るわけですね。レーニンで何が悪い、マオで何が悪い、と。
柄谷　でも彼らがいっているのはアイロニーとしてでしょう。悪ぶっているだけではないですか。
浅田　いわゆる良心的左翼のあいだで社民主義が支配的である状況のなかで、あえて露悪的とも見えるポーズをとっているとしか思えないところがありますね。

「マルチチュード」を検証する

浅田　他方、同じようにラディカルな、しかし、シニシズムとは遠く見えるヴィジョンとして、先に触れたネグリとハートの『帝国』と『マルチチュード』におけるヴィジョンがあげられます。労働者のインターナショナルな団結を語るのではない、有象無象のトランスナショナルな広がりがそれ自体として「帝国」を相転移させる潜勢力を持っているのだ、と。ホッブズ－ヘーゲル的な否定的媒介の思考を嫌い、スピノザの相即の思考を選ぶかぎりで、そのようなヴィジョンになるのは理解できますけれど、あまりにオプティミスティックで、ほとんど空疎な印象が強いんですね。

柄谷　そのマルチチュードのなかには、たとえばイスラム原理主義の運動なんかも入っている。

大澤　アルカイダはマルチチュードですよね。

柄谷　彼らの本は一九九一年の湾岸戦争におけるアメリカの態度にもとづいていた。つまり、アメリカは国連の承認を得て動く歴史上ないような「帝国」であると評価した。だから、9・11の前には『帝国』は米国務省で人気があり、ネグリとハートは「ニューヨーク・タイムズ」に論説を書いたりしていた。しかし、9・11の後、突然ダメになったのです、何しろアルカイダが出てきた上に、アメリカも国連を無視するという始末ですから。

浅田　統治システムの分析としては、『帝国』はなかなか面白いところがあると思うんです。つまり、確かにアメリカの軍事的な専制があるわけだけれど、それ以外にたとえばG7のような経済的な寡頭制があり、さらにNGOなども加わった民主制があり、それらが束になっているのが現在の「帝国」だ、と。これは分析としては重層的で面白い。しかし、マルチチュードがそれを一気にひっくり返すという見通しについては、どうみてもオプティミスティックに過ぎて具体性に欠ける。

柄谷　構造論的な把握なしにただマルチチュードというと二元論になります。帝国とマルチチュードというのは、一九世紀半ばにマルクスが世界はブルジョア階級とプロレタリア階級に両極分解するといったのと似ていて、あまりにおおざっぱすぎる。僕は先ほど第四極のXについて、それが歴史的には普遍宗教としてあらわれたといいました。僕の図式では、イスラム圏でナショナリズムが機能せず社会主義運動の可能性がなくなってしまったときに、宗教的原理主義が出てきたのはなぜか、構造論的に説明できるのです。イラン革命の場合、最初は反資本主義的で反国家的なアソシエーションの運動でした。しかし、それが宗教であるかぎり、結局、教会国家に帰結するほかなかった。

大澤　現状がどうであるかを大づかみにできる本が今他にほとんどないことを考えると、『帝国』は確かにいい本ではある。現状分析としてはとても整理されていて、現代社会を概観するのにはたいへんいい。柄谷さんの本はそういう意味ではちょっと複雑だから。『帝国』は単純で、最初に読むにはとてもいいんです。ただ、一番肝心なマルチチュードの部分に理論的な弱さがある。あの本は「帝国」と「マルチチュード」の二元論に立脚している。しかし、究極的には、さらに、マルチチュードの一元論にまで還元できる、ということになっている。「帝国」は、マルチチュードの一つの姿であって、その現代的な形態である、ということになる。とすれば、マルチチュードが、どうやって「帝国」やその他の主権の形態へと転換するのか、ということが説明されなくてはならない。その説明がうまくいっているのか、大いに疑問です。

マルチチュードという概念は、柄谷さんのXと近づけて理解する人がいるように思います。したがって柄谷さんは明らかにネグリ＝ハートよりも積極的なことをいっているけれど、「マルチチュード云々」といっている人が、「俺がいいたかったことはこれだ」といって近づいて来る可能性は大いにある。そこをきっちり分けていく戦略は必要だと思うんです。

従属理論の崩壊

柄谷　ネグリ＝ハートのマルチチュードは後進国のイメージですね。メキシコのサパティスタとか、イスラム圏のアルカイダとか。僕は、九〇年代以降の大きな変化の一つは、それまでの低開発論とか周辺資本主義の理論が崩壊したことだと思います。（アンドレ・G・）フランクとか（サミール・）アミンとかの論は、それなりに説得力はあるんですけれども、そこから導き出される結論は結局、社会主義革命によって世界市場から離脱しソ連圏に入れば万事うまくゆくということです。しかし、僕はロシア革命以降そのような離脱は一度も成功していないと思う。ロシア革命がうまくいった時期はネップ（新経済政策）をやって、農民が自分の作った物を市場で売れるようにした時です。一九八〇年代にゴルバチョフが目指したのもいわばネップに戻ることでしょう。しかし、体制自体が瓦解してしまった。一方、中国は言論統制を維持しつつ、ネップをやり外資を導入して、急激な経済成長に向かった。
　従属理論によれば、低開発国は世界市場の中で先進国から搾取されているがゆえに低開発国にさせられてきたというのですが、世界市場から離脱してうまくいった国の例はない。韓国や台湾などを見ても明らかなように、外資導入・輸出志向でやっていたところが発展した。要するに「社会主義」はもともと経済発展のための理論ではないわけです。経済を発展させたかったら資本主義的にやるほかない。だから、社会主義者は権力奪取を急いではならない、というのがマルクスの永続革命批判ですよ。権力獲得を急いだ社会主義者は、いわゆる「社会主義的原始的蓄積」という残酷な課題を果たすはめに陥る。しかし、周辺資本主義論あるいは従属論をいっていた人は九〇年代以降口をつぐんでしまったね。

浅田　いまやBRICs（ブラジル、ロシア、インド、中国）が経済的に離陸して世界経済地図を塗りかえるだろうといわれている――ロシアはちょっと怪しいし、そもそもアフリカなどは置き去りにされているわけですが。ともかく、この世界経済の現状を見るかぎり、先進国の開発と第三世界の低開発は連関しており、したがって第三世界の低開発はずっと続くという第三世界論の主張は、もはや維持するのが難しいですね。

柄谷　しかし、そのような見込み違いに対して理論的な責任を取ってほしいと思いますね。

浅田　その種の第三世界論がいわば先進国に折り返されてきたのがネグリとハートの理論だとも言えるでしょう。マルチチュードというのは「内なる移民」のようなものです。現実の移民もそうだし、いわゆるフリーター的な人たちもそうです。「外なる第三世界」は確かになくなったけれども、国内でも正規の雇用関係にある労働者の下に有象無象がいて「内なる第三世界」を成している、という図式。しかし、そういうものに革命の担い手を求めるのは間違いだというのが柄谷さんの主張でしょう。

柄谷　結局、マルチチュードは主人に対する奴隷として見られています。主人と奴隷の弁証法に、革命を見出すという論法は変わっていない。

浅田　要するに、最も虐げられた、したがって失うべきものの何もない「奴隷」のところへ赴き、「主人」への反抗を計画するという、昔ながらの発想に終わりかねない。

岡崎　実際にはマルチチュードといっても行為によって、そのつど指す対象が変わってしまわざるを得ないわけですし。

大澤　「マルチチュード」といっていた人たちが、９・11が起きたときに、テロリストを「偉い」「立派だ」と誉めでもすれば、まだ少しは尊敬できたかもしれませんが、そこまでの勇気をもっている人はほとんどいなかった。もし「テロリストはダメだが、マルチチュードはいい」というのなら、両者のどこに違いがあるのかを理論的にはっきりいわなきゃダメだと思うんです。

つまり、虐げられているあいだは「マルチチュード」とか呼ばれて、先進国の知識人に妙に期待されたり、誉められたりするんですよ。ところが、テロリストになるとだめだという。僕は、よくこんな喩えを使うんです。A君がクラスでいじめられているときに、その子に同情的な、ちょっと優等生的な、PC的な人がたいてい出てくる。その優等生的なB君は、「A君をいじめちゃいけないじゃないか」とかいう。それで、A君としては、B君は味方だと思っていた。ところが、A君がある日いじめに耐えかねて誰かを殴っちゃった。すると突然、昨日まで味方してくれていたB君を含めて誰も味方してくれないわけ。テロリストからすると「お前はいじめられてるかぎりは味方してやるぞ」といわれていることになるわけで、それではやっぱりまずい。テロがダメだというなら、やはりそれ以外の革命の道筋をはっきり示さないといけない。柄谷さんはそれを、「労働運動としての消費者運動」として表現しようとしているわけですよね。

生産過程から流通過程へ

柄谷　資本主義経済に関して流通過程に着目することは昔から軽んじられていて、たとえば「宇野弘蔵は流通主義である」とか、ひと言でやっつけられてしまうんですよ。だけど資本主義を商人資本から、あるいは流通の側からとらえていくことは大事だと思うんです。それはそこに言語的なコミュニケーションの問題をもちこむのと同じで、僕は、それを『マルクスその可能性の中心』などの仕事を通して昔からやっていました。

資本制生産というのは、通常、封建的な搾取の変形だと考えられています。領主にかわって、地主・資本家が労働者の剰余労働を搾取するのだ、と。しかし、マルクスの考えでは、資本は本質的に商人資本であって、M－C－M′という公式は産業資本にも妥当するのです。商人資本は異なった価値体系の間での交換の差額から利潤を得る。産業資本も実は同じです。ただ、それは時間的に価値体系を差異化するものです。

要するに、産業資本は封建領主のように労働者を強制して働かせるのではなく、技術革新（あるいは労働生産性の上昇）によって、労働者が知らぬ間に差額を得るのです。その上、労働者の生活水準も上昇する。

そういうところでは、主人と奴隷の弁証法など成立しない。イギリスの場合、革命的労働運動が一九世紀にあって、それは一八四八年に終ってしまった。工場法が成立し、十時間労働法ができ、労働組合やストライキ権などが承認されたからです。このあとに、革命をどう考えるのか。階級闘争は終ったというのが修正主義です。しかし、よく見ると、資本家と賃労働者の関係は平等ではないのです。あくまで資本の運動では資本がイニシアティヴを握っているし優位にある。しかし、資本はM－C－M′という運動において、一度は売る立場を通らなければならない。そのときのみ、資本は買う立場に立つ労働者に従属する。「主人と奴隷」の弁証法で考えている人には、このような逆転の発想がないから、つねに資本が主人で労働者は奴隷です。だから、奴隷の蜂起、ゼネストしか考えられない。ネグリでいえば、マルチチュードの反乱です。しかし、産業資本においては、資本は明らかに強い立場にあるけれども、しかし必ず一回売るという弱い立場を通らなきゃいけない。今までなぜそこに誰も注目しなかったのかわからないですね。

大澤　これは柄谷さんが「ボロメオの環」と呼んでいるものと実質的に同じことかもしれませんが、資本というのは、ちょっと不純物があったほうがよく機能するということがあるわけですね。資本が完全に商品経済の原理だけで動いていると、きっと矛盾が起きる。そこで再分配の原理や、互酬制の原理が入ってくる。資本は自分と違う原理が入ってくることで苦しくなるかというと、むしろ楽になるわけです。たとえば第三世界から搾取しっぱなしにするよりは、経済援助をしてから搾取したほうがいい。したがってODAを十分に与えることは、資本にとってちっとも困らないということになるわけです。資本だけじゃなく議会制民主主義も、それ以外の原理が入っていたほうがいい。たとえばデモンストレーションの自由が十分にあったほうがかえってうまく機能する。つまり、資本主義に対抗するはずの原理がかえってその補完物として働いてしまうということがあるわけです。そうだとすると、こうした資本主義の柔軟性を超えて、最終的には資本主義を違う原理に相転位させるには、どうしたらよいか、ということを最後には考えなくてはならない。

したがって、柄谷さんの大きな方針はわかるのだけれども、資本主義にとっては柄谷さんみたいな人が出てくることすらもけっこう歓迎ですよという面もあるんじゃないか。いわれたように労働者が買わなければ資本主義が成り立たないことは確かだけど、労働者だって買わずに生きるわけにはいかない。だから労働者が買わないで資本主義をひっくり返すことができるまでの保証というか担保が必要ですよね。それをどのように考えていらっしゃいますか。

柄谷　その段階では生産協同組合とか地域通貨が二次的に出てくるでしょう。しかしまず僕は、戦争とか環境問題に対して、消費者としてのアクションが不可避的に出てくると思います。これは出てこないほうがおかしい。その場合、ひとはそれを市民運動だというけれども、実際には抽象的な「市民」なんてどこにもいない。消費するだけの「消費者」なんてものも存在しない。市民や消費者も労働者としてはみずから環境を破壊する物を作っている。だけど、会社にいるためにそれに反対はできない。そのような人たちを責めることはできません。労働者は生産点においては普遍的にはなりえないと考えたほうがいい。企業と一体化したりネーションと一体化する。それに対して、たとえば、ルカーチは労働者は真の階級意識をもつべきだというけれども、生産点においては無理なのです。それに対して、流通・消費・生活の再生産の場においては、人は普遍的な存在となりうるし、またそのように行動できるのです。同じ人間が、それが置かれた場によって違ってくる。それが大事です。つまり、場所が人間を変える。たとえば、運転者は車に乗っている間は運転者であるが、車から降りれば歩行者になる。つねに歩行者である人も、つねに運転者である人もいない。それなのに、まるで運転者は主人で歩行者は奴隷だと考え、「主人と奴隷」の闘争のイメージを描いてしまう。

浅田　ネグリとかだと生産労働というところに力点を置くので、「働くな」というメッセージになるわけだけれども、実際に大きな力を持つのは消費、流通の場面で「買うな」ということなんですね。

岡崎　さらに、たんに「買うな」というのではなくて、「買う」「買わない」ということが受動的な行為ではなくそれ自体がデモンストレーションにもなる。

柄谷　それに、別に何も買うなということではないからね。

浅田　別の物を買えばいい。

柄谷　たとえば、ガソリン車をやめて別の車を買うとかね。これは資本にとって非常にこたえますよ。

浅田　そしてハイブリッド車を買う。これは資本主義の枠内でももはや環境問題に敏感な知的エリートであることを示すステータス・シンボルになってきているわけでしょう。

柄谷　国家による規制など待っていたら、地球温暖化対策は手遅れになります、ほんとはもう手遅れですが。そのために、グローバルな消費者の直接行動がいる。労働者のインターナショナルな連帯は昔も今も困難ですが、消費者としての連帯は十分に可能だと思います。要するに、もともと困難なことを無理にやって挫折しても意味がない。

岡崎　投票という行動についても、同じような契機は含まれていると思います。以前、柄谷さんや大澤さんや浅田さんが『インターコミュニケーション』誌で展開されていた選挙についての議論を逆転させると、たとえば現在の不在者投票を形式的に敷衍させ、投票日を一日ではなく一か月間好きなときに投票していいとする。それだけで大分変わりますね。それで毎日、投票結果が公表されると、確実にその結果が次の投票行動に影響を与えることになる。今日は五票分の二票が○○で累計はこうだったとか。こうして間接的効果として一票が持つ重み、影響力が全然違ってくる。投票がそのままデモンストレーションになるということですね。いいかえればデモもこのように分散的につなげる方が効果がある。僕はＮＡＭでも、そういう可能性が考えられていたと思う。芸術でいえば、構造的に考えるということは、そこに時間的な順序、手順が入っていなければ片手落ちなんですね。パフォーマティヴな時間を導入しないと制作、運動の論理にならない。繰り返せば、一致しない非連続性の導入こそがアソシエーションの契機となると。

柄谷　とにかく、生産過程から流通過程へという理論的な転倒は大事だと思う。具体的にそれをどうやるかといっても、もうすでにやられているのだし、それを考え直せばいいだけです。たとえば、消費者運動がある。ただ消費者運動をしている人たちにまったく欠けているのは、それが消費者としての労働者の運動なんだという観点です。たとえばラルフ・ネーダーの消費者運動は注目すべきものですが、それは労働運動から疎遠です。一方、労働運動をやる人たちは消費者運動を別のものだと思っている。

浅田　柄谷さんの議論は、先ほどの第三世界論などとは逆で、発展した資本主義国においてそれを裏返す戦略として労働運動としての消費者運動を考えるということでしょう。しかも、ゼロから運動を組織するというのではない、ガンジーからネーダーに至るまで消費者運動としてやられてきたものを労働運動としてとらえ直すとすれば、運動の契機はもうすでにそこにあるじゃないか、と。

柄谷　やっぱり理論的な認識が普及しないとダメだと思いますよ。ある種の啓蒙が不可欠です。

「喜捨」というアイデア

浅田　ちなみに、第三世界に関していうと、大澤さんがかつて『論座』に書いていた論考が思い出されます。そこで大澤さんは、イスラム原理主義に勝とうとするならイスラム原理主義以上にイスラム的に振る舞えばよい、具体的にはいわば圧倒的な喜捨（贈与）を相手にあびせ倒せばよい、というんですね。かなりトリッキーだし、実現可能性が高いとはいえないけれど、なかなか面白い議論には違いない。

大澤　それは9・11テロの直後に書いた論文で、最初はあまりにもイスラム原理主義者に好意的な論文だとして、編集部から書き直すようにいわれたんです。だから、仕方なく丁寧に説明しなおしたら、僕自身の印象では、よけいに原理主義者に好意的な論文になっちゃった。書いたときには、テロリストを出し抜くのに一番効果的な方法は何かということを考えていたんです。テロリストにとって一番怖いのは、こちらが軍事的な攻撃をすることじゃないんですね。考えてみると、タリバン政権にしても、フセイン政権にしても、明らかにめちゃくちゃなのに、それでも、あの地域で長いあいだそれなりに政権維持できている。なぜなのか。結局、アメリカがいたおかげです。タリバンにしても、フセインにしても、反米的であるということで、その限りで、それなりの人気や支持を得ていたからです。したがって彼らを出し抜く方法は、アメリカがアメリカらしく振る舞うことじゃない。つまり、アメリカに対抗することが、無意味であり、有害ですらあるということを示せばよい。どうすれば、そういうことができるのか。アメリカからすると、向こうの原理を——たとえばイスラムの原理を逆手に取ることなんです。

柄谷さんに先ほど反論されたけれど、僕は人間のコミュニケーションの原理は歴史的に大きく二つあって、贈与と市場交換だと思うんです、先ほど世界宗教の創始者の志向したものがアソシエーションだったということをおっしゃった。僕もそう思います。そして改革の原理もまた世界宗教のなかに見出せるという点にも、賛成です。ただ、世界宗教というのは、共同体の贈与や市場交換を克服するときに、まさに、贈与の形態をある意味でディコンストラクティヴに利用しているようなところがあるでしょう。

柄谷　贈与を「罪」という概念に変えるんですね。

大澤　あの論文を書いたとき、僕はその点に注目したわけです。世界宗教の場合、共同体の内部の有限の贈与を、神による無限の贈与に転換することで乗り越える。たとえば、イスラム教徒になるための「五行六信」のうち、最も僕らが考慮すべき、社会的な有効性を有する行為として、「喜捨」がありますね。これは、無論、贈与の原理です。喜捨は無論、神への贈与ですが、実際には、神が地上にいるわけではないので、それは、イスラム社会の中で、――個々の土着の共同体を超える――再分配や互酬の関係として機能しているわけです。こういうことが、可能になるのは、つまり人を喜捨へと導くことができるのは、絶対的な超越神からの無限の贈与があらかじめ前提にされているからです。

僕は、あの論文を書いたときには、このイスラム社会を成り立たせている原理を、こちら側が活用してしまったらどうか、ということを考えたわけです。いってみれば、イスラム教徒以上にイスラム教徒的に振る舞ってしまうわけです。そのことこそ、イスラム原理主義者に対する最も効果的な対抗策ではないか。

僕はこのごろキリストをモデルにものを考えることが多いんです。一方で、イエス・キリストというのは神からの最大の贈与です。世界宗教は、今いったように、神からの贈与の論理を一般に組み込んでいますが、キリストは、その中でも、最大の贈与です。でも他方で、キリストは律法を終わらせるために、すなわち贈与と互酬制に正義の規準をおくような律法原理を揚棄するというか超えるためにやってきているわけです。キリストについて考えていくと、おそらく互酬制の原理を超えるもう一つの交換のイメージが出てくるんじゃないか。そしてそれは柄谷さんのいうアソシエーションにつながるのではないか。

柄谷　イエスは確かに、「眼には眼を」といった互酬制のロジックを超えようとした。しかし同時に彼は別の互酬制の論理で動いていると思います。つまり「右の頬を打たれたら左の頬を出せ」というわけですね。それは相手に負債感を与えます。

僕は、大澤さんの言ったような大規模な喜捨は実行が難しいと思う。ところが、一銭もかからない贈与の仕方があると思うのです。それはいわば「左の頬を出す」ことです。つまり、もしイスラム圏が——パレスチナも全部含めてですけど——西洋世界に対して何か行動を起こしたいのであれば、すぐに完全に武装を解除すればいいのです。一切兵器も買わない。もしそのような無防備の国を侵略したり軍事的に制圧したりすれば、国際的な非難を浴びます。一方、アメリカその他の国は兵器が売れなくなるので恐慌を来すでしょう。

浅田　一般化されたガンジー主義ですね。

柄谷　ガンジーというのは一応ヒンズー教ということになっていますけど、本当はキリスト教からずいぶんとっていますね。聖書とかトルストイから学んでいる。

浅田　いまの大澤さんのお話は半分はわかるんです。しかし贈与というのは相手に負い目を与えるものであり、キリスト教はそのような贈与を無限化するものだ、というニーチェの議論がありますよね。どんなに殴られてもただただ耐えることによって、殴る側に返しようのない負い目を与える。それがキリスト教のような絶対神（絶対的な贈り主）をもつ宗教のメカニズムだ、と。すると、同じような一神教であるキリスト教圏とイスラム教圏、あるいは第一世界と第三世界の間で贈与合戦をやってても、結局ポトラッチみたいなことになってしまう気もするんですよ。

大澤　そこが贈与ということの最大の問題ですね。交換という形態は返していないときには借金として残るけれども、清算ができる。しかし贈与の場合は返しようがないので、もっとひどい隷属関係を生む潜在的な可能性をもっている。それをどうやって克服するかということが、最大の課題になってくる。

富の再分配を

柄谷　イスラム教には今あるような過激なものはもともと少なかったと思うんです。スーザン・ソンタグが確かこういうことを書いていた。ボスニアのイスラム教徒は戦争が起こるまでは、ニューヨークのユダヤ人と同じで、信仰心などほとんどなかったのだ、と。

浅田　ソンタグは旧ユーゴスラヴィア紛争のさなかにサラエヴォで生活したわけですが、たとえばムスリムといってもオスマン・トルコ領になったときに改宗しただけで、歴史を通じて続いてきた宗教対立・民族対立なんていうのは虚構だというんですね。

柄谷　それはエジプトでもイランでもそうです。

イラン革命以降のシーア派から原理主義が台頭したけど、それまではイスラム教徒は宗教に関して寛大だった。オスマン・トルコではユダヤ人やキリスト教徒が大臣をやったりしていた。その点で、キリスト教圏のほうが歴史的にずっと厳格で排他的でした。だから今日の対立は宗教の問題じゃない。問われるべきなのは、イスラム原理主義をどうするかなんてことじゃない。

浅田　結局、イスラム教のみならず、キリスト教も含めて、原理主義というものがきわめて現代的な形態として出てきたということでしょう。

柄谷　先ほどもいったように、僕は社会主義運動の不在が彼らを原理主義に向かわせていると思います。その点で、マルクスが宗教について述べたことは正しいと思う。彼は、宗教を実現することなしに宗教を廃棄することはできない、といった。しかし、同時に彼は、宗教を実現するためには、宗教を廃棄しなければならない、と付け加えた。原理主義に関しても、そのような両方の面から考えるべきでしょう。

浅田　原理主義的でなかった頃のイスラム教は、キリスト教に比べても他の宗教に対して寛容だった。ユダヤ教徒やキリスト教徒と共存し——むろん紛争は絶えなかったけれど——、アンダルシアやシチリアのような場所ではそれによってすばらしい文化の混交が実現されもした。また比較的うまく贈与と交換をミックスして使っていたらしく、たとえば病院を作ったとしたら、そこにマーケットを付属させておく、するとマーケットで儲けた人が儲けの何パーセントかを病院に喜捨する、そうやって両者が共存共栄でうまく回っていくわけです。ここにはわれわれが原理主義といわれて思い浮かべる宗教的イメージとはずいぶん違う、むしろアソシエーション的なものが感じられる。

柄谷　そうですね。アミンによると、アラビア諸国で農業があったのはエジプトとイランだけで、あとは全部商業・貿易によって成り立っていた。だから、バグダッドのようにどんな栄えた都市でも帝国でも、貿易ルートが変わったりするだけでいっぺんに没落することになる。その意味で、イスラム教徒は基本的に商業をベースにしていると思います。

大澤　ムハンマド自身が商人だし、基本的にイスラム教というのは商人の原理の一般化という面があります。たとえば、イスラム教に、キリスト教と比べて「原罪」の観念が弱いのは、それが、商人の原則に反するからだと思いますね。つまり、原罪というのは、個々の人間からすると、何かをする前から、あらかじめ負債があるという状態なのですから。

柄谷　だから、イスラム教は贈与というよりも交換のほうに近いと思う。贈与は農耕共同体のものですね。アラビアの人たちの基本にあるのは商業だと思う。ベドウィンにしてもそうだ。

浅田　原理主義の台頭の背景には、社会主義の失敗、いい換えると社会主義が体現していたオルタナティヴがなくなってしまったことと同時に、グローバル資本主義がここまで強力になって、一度出遅れたらもうほとんど追いつく見込みがないということがある。「文明の衝突」（ハンチントン）というと、何か昔からあった文明同士が衝突しているみたいだけど、それはむしろ原理主義の、それもすぐれて現代的に捏造されたものとしてのキリスト教原理主義とイスラム原理主義の衝突でしょう。

柄谷　僕は、先進諸国はＯＤＡのようなことじゃなくて、低開発国に富の再分配をすべきだと思うね。地球の温暖化にせよ、被害を受けるのは後進国です。加害者の側は被害者に対して償うべきだと思う。たんに損害賠償ですね。

浅田　バングラデシュなんか、この夏は水害で国土の三分の二が水没したらしい。

大澤　アソシエーションの原理以前に、商品交換的に支払うべきなんでしょうね。

浅田　二段階革命論に近くなってしまいますけれど、市場経済の範囲内でも、たとえば温室効果ガスの排出権を市場化するといったことが必要です。先進国は、一定以上の温室効果ガスを出すとしたら、その分、温室効果ガスを吸収する森林などをもった国から排出権を買わなければならない。そういう市場原理の応用ですべてが片付くわけではないにせよ、かなりの資金を先進国から発展途上国に移転させることはできる。

柄谷　僕もそれは賛成です。

憲法九条と国家の「超自我」

岡崎　ところで、『演劇人』に大澤さんが憲法第九条と北朝鮮について書かれていたでしょう。そこで面白いと思ったのは、北朝鮮という他者に対して、「お前はすでに死んでいる」と自覚させることが重要だという議論です。大澤さんはそのためのテクニックまで書かれていて、それは日本人にすることを前提に北朝鮮からどんどん亡命者を受け入れることだと。そうすれば北朝鮮の人々は自分たちの国家が偶有的だということがわかり、挙句にそれがもう死んでいることがわかるので脅威はなくなる。そういう議論だったと思います。これは同時に日本という国家も偶有的であることを示す戦略だなと思いました。
　あらゆる国家は偶有的であって、あらかじめ、その「死」を内在化している。いわば人々はいかなる国家であれ拒否することができる。こうした認識が立憲主義の基盤になっていると思うんですね。しかしその前提を共有していない北朝鮮のような国家に対してどうすればいいのかという議論から、憲法第九条を否定する動きが出てくる。これはさっきの「わかる人はわかるけど、わからないやつはわからない」という話につなげれば、「じゃあどうやってわからせるか」という一つの提案でしょう。

浅田　大澤さんも書いていたように、それは旧東欧圏が崩壊したときのドイツその他の対応と重なるというか、それに関するジジェクの分析のダイレクトな応用ですね。つまり、国境を開いちゃえばいいいんだ、と。ルーマニアのチャウシェスク政権が崩壊したときも、群集のブーイングに当惑するチャウシェスクの姿がＴＶで流れたことが大きかった。国民はみんな内心はこの体制はすでに死んでいると思っているんだけれど、お互いに「私はわかっているが、あいつはわかっているだろうか」と考えている。そこで放送などで情報が流れた途端に、「私がわかっているということがあいつにもわかっているということが私にもわかっていることが……」というふうに、体制が死んでいることがゲーム理論でいうcommon knowledgeになって、だれもが安心してそれを前提に行動できるようになるわけです。

岡崎　大澤さんの論は、柄谷さんが「死とナショナリズム」（第四巻『ネーションと美学』所収）でフロイトを引いて展開した、国家における超自我の議論とも重ねて読めますね。柄谷さんが憲法九条を超自我とみなしているところを、大澤さんは第三の審級という。超自我はいかなる人間にもあらかじめ組み込まれているはずであり、抵抗できないはずだが、それを自覚していないように見える人間もいる。しかし、それは互いにそう見えるだけで実は誰もが自覚している。それを露呈させればいい。

大澤　憲法第九条について、左翼はそれを守れということしかいわないけれども、それだけでは憲法改正論者に負けるに決まっています。たんに「守れ」というだけでは、否定的なことしかいわない古典的左翼と変わらない。九条を保持して、なおかつどうしてやっていけるのかということを積極的に示さなければいけない。多くの人が九条の改正を訴えるのは、無論、安全保障に関する不安があるからですよね。端的にいえば、九条を保持していても、なお、われわれは、われわれの共同体は、存在・存続できるのか、という不安です。だから、逆に、九条のもとでも、われわれの存続が脅かされることはない、ということを積極的かつ具体的に示してやらなければならない。そのために、あの論文を書いたわけです。

これは柄谷さんが書かれていることと非常に関係があるんです。柄谷さんは自分は冷戦が終ってから変わったということをおっしゃっている。つまり冷戦構造が続いているうちはディコンストラクティヴな言説はインパクトをもちえたけれど、ソ連崩壊以降、それらはたんにアイロニーとシニシズムになってしまい無に等しいんだということに気づかれたと。そういう感覚は僕はすごくよくわかる気がするんです。簡単にいえば、これからはいろんなことをポジティヴな構想力をもって提起していかなくてはいけない、という気持ちがある。

柄谷さんには『トランスクリティーク』のような高度に理論的な仕事がある一方で、その方法を具体的に考察する文章、たとえば地域通貨について書かれたものとか、くじ引きについて書かれたものがあって、僕はそれがたいへん好きなんです。

浅田　建設的だから。

大澤　そう。直接的な応用可能性があるでしょう。

柄谷　しかし、ああいうものを書くと、間違えるんですよ。

浅田　でも、それはポパー的な可謬主義からするといいことでしょう。

大澤　そう、可謬性があるじゃないですか。ということはそれで失敗したら次には別の可能性を試すことができて、そのように漸進的にでも変えていくことが重要だと思う。

浅田　たとえば憲法第九条を日本国内で守るというのではなく、むしろ世界中に普遍化する、と。

柄谷　実際に日本の憲法第九条は、海外からかなり注目されています。BBCでもCNNでも、今回のイラクへの派兵が戦後の日本にとって初めてのことだということを大きく報じていました。そして憲法第九条なんて初めて知った、と驚いているわけです。

浅田　現在の国連憲章と日本国憲法は結びついているわけで、それらは二度にわたる世界大戦の悲劇をふまえた世界史的な獲得物です。国連なんて矛盾だらけだし実行力もなくてくだらないといっても、とりあえずそれなしには進めないという意味で不可欠な存在ではある。その点、今度の国連総会でアナン事務総長が国連を中心とする「法の支配」の確立をあらためて求めたのは重要だと思います。そうでないと、「テロとの戦争」を口実に、二〇世紀の反省をすべて忘れて、一九世紀的な世界に後退してしまいかねないですからね。実際、彼はイラク戦争を違法だと明言している。世界全体をみればそういう論調の方が多数を占めているんで、アメリカのような反動的な力の論理はむしろ少数ですよ。

柄谷　国家は他の国家に対して国家です。国家主権もそういうものです。一国の中だけで考えると、主権者は国民であり、国家は必要ないといえるかもしれない。しかし、国家の揚棄ということはけっして一国だけで考えることができません。だから、カントは「世界共和国」の理念を考えたわけです。マルクス主義者はこれを馬鹿にしたけど、「インターナショナル」なんか国家の揚棄にはなりません。コミンテルンとかいっても、ソ連が支配することになる。「国家の死滅」は国内だけで考えることはできない。とすると、やはりそれは、カントがいうような世界共和国の漸進的な実現を通すしかない。僕は現在の国連はまだまだ遠いとはいえ、そのための一歩だと考えています。国連によって国家を拘束するというだけではなく、それからいわば国家の「超自我」のようなものができて自己拘束するようになるのが望ましい。日本の憲法はそういうものです。

大澤　浅田さんがいうように二段階革命でいいと僕も思うんですが、その一段階目にできるだけ二段階目への布石を入れておくことが大事な気がします。たとえば柄谷さんのいっているくじ引きというアイデアはすごく面白い。たんなる民主主義の原理だけだったら、社会民主主義が好きな普通の人たちと何ら変わらないけれど、くじ引きを入れておくと、既存の民主主義にない原理がそこに入ってきますよね。

柄谷　まあ、くじ引きはギリシャの民主主義の根幹ですけどね。

大澤　確かにそうですね。そうやって二段階目への布石を一段階目に組み込みながら進む。国連についても同様で、国連の常任理事国に日本が入るとか、そんなことはどっちでもいいような気がするんですよ。

浅田　それこそくじ引きで決めればいい。

大澤　その通りです。そもそも常任理事国制度というのがそうとう身勝手なものでしょう。日本は、常任理事国にどうやったら入れてもらえるのかなどということに腐心するのではなくて、むしろ、今や機能しなくなってしまった、常任理事国制度を中核においた安全保障理事会に代わる、あたらしい安全保障の枠組みを提案するとか、もっと超自我的な提案をしていけばいい。反論できないような提案はいくらでもできると思うんです。そうやって一見ふつうの国連の民主革命なんだけど、さらにもう一歩先に進むための小さな手がかりをそこに組み込むことができるんじゃないか。

柄谷　しかしそれを実現するプロセスを考えると、いかに高邁な意見を述べたところで、国家がいうことを聞こうとしないでしょう。ですから、議会でない「直接行動」的な運動がグローバルに必要だと思うし、それは実際に可能です。

浅田　反WTO（世界貿易機関）にせよ、反イラク戦争にせよ、グローバルな規模のデモが実際に起こっている。労働組合などの組織力が下がっているにもかかわらず、かつてない数の人が街頭に出ているという事実が現にあるわけです。

柄谷　しかし、日本にはそういう運動が乏しい。

外国ではどこでもすごいですよ。韓国だってそうだ。どうも日本だけが違う。これはちょっとわかりません。

大澤　それは日本人が世界宗教をあまりもたないからじゃないかと思うんですけどね。

柄谷　そうすると、結局日本人論になっていく。それはイヤだね、ほんとに。

ネットの可能性と罠

大澤　ところで、具体的な運動をすることを考えた場合に、サイバースペースというもののポテンシャルあるいは問題点について、柄谷さんはどう考えていらっしゃいますか。

柄谷　僕は「2ちゃんねる」みたいなものがアメリカにあるかとアメリカの友人に聞いたことがありますが、彼は「ある」というんだけど、よく聞くと違う。日本ではムラ共同体的なものの一番悪質な部分がサイバースペースに顕れているという気がします。

浅田　筑紫哲也がネットの掲示板の書き込みは便所の落書きのようなものだといったことがある。そのとき僕は、たしかにそうかもしれないが、便所の落書きで何が悪い、ジャーナリズムだってもともとはそういういかがわしい場所から出てきたわけだし、そういう場所があっていいのだ、といった。その基本的立場は変わりません。その上でいえば、かつては便所の壁に書かれていた匿名の落書きみたいなものがいまや万人の目に触れてしまうことからくる問題はありますね。日本ほどではないといっても、ヨーロッパにもひどい匿名掲示板がいっぱいあって、そこがネオナチにもつながる反ユダヤ主義の温床になっていたりする。日本のサイトで中国人が、中国のサイトで日本人が感情的に罵倒されるのも同じことです。

かつては、近代的主体という以上、いちおう自律性があって、あまり恥ずかしいことはやめておこうという自制が効いた。また、名前を出してこんなことはいえないという社会的な強制力が働いた。そういう状況下では便所の壁に書かれる程度だった匿名のメッセージが、今では一般的にものすごく広まってしまったわけです。公私の区別が曖昧になって、かつて公共空間には出てこなかったような感情的な言葉が一斉にワーッと出てきている。いってみれば、公共空間も公衆便所的な公共性しかもたなくなってしまっている。これはかなり一般的な現象でしょう。

柄谷　でも、「2ちゃんねる」のように全部がいっぺんに無統制に並んでいるということはない。たとえば、『週刊現代』とか『週刊ポスト』のような週刊誌は外国にないでしょう。どこの国にもポルノ雑誌も知的な雑誌もあるが、それらが一緒に載っている週刊誌はない。それと似ている。

浅田　たしかにそのとおりで「2ちゃんねる」のように束ねられてはいないにしても、どこだってひどいサイトはあるでしょう。中国のネットの掲示板の反日の書き込みなんて、ひどいものですよ。

柄谷　でも、あれは管理されているのでしょう。中国は最近ポルノを監視するといいはじめたが、その本当の目的はポルノ規制なんかじゃない。日本も同じで、そのうち何らかの口実を見つけて管理されるでしょう。

浅田　そう、一方では良かれ悪しかれ何でもいえるようになったかに見える、しかし他方ではプロヴァイダーの方からトレースすれば誰がどこで何を書いたか全部わかるわけだから完全に検閲可能ということになるわけです。ドゥルーズがフーコーの延長上でいったように、ディシプリンによって価値を内面化し自律的主体を形成するというメカニズムが機能不全に陥る一方、主体として統合されないバラバラのボディ・パーツを情報技術によって直接コントロール（監視／管理）するというメカニズムが全面に出てくるのだとすれば、ここにもその徴候が顕著に現れている。

大澤　ネットは検閲可能性はいちばん高まっているのに、書いているほうは匿名でいる気分になる。逆立しているというか、客観的な状況と主観的な状況の乖離がものすごく激しい。

柄谷　僕が代表を選出する方法としてくじ引きを提唱した理由は、匿名というのはありえないということなんです。原理的には匿名は可能ですが、実際はそんなことはない。

浅田　過疎の村なんかでは、誰が誰に投票したのかがすぐにわかってしまうといいますね。「共産党はいつも三票」みたいな感じで。

大澤　教授会なんかだってわかるんじゃないですか。

柄谷　ほとんどわかりますね。

大澤　一方で、反グローバリゼーションの運動が今ほど世界的規模になったのはやはりネットのおかげでしょう。運動が大きなものになるためにはどうしてもネットが必要だけれど、他方で弊害もある。NAMについて柄谷さんがおっしゃったように、ネットがあるから会わなくて済むというのは非常に問題だと思うんですね。ネットだと顔を合わせなくても会ったことになっちゃう。「他者」と関係するということは、やっぱり、こうやって顔を合わせることだと思うんですよ。ネット上だけならいくらでも「多様な他者」とつき合えるし、イヤになったらすぐ切っちゃえばいいわけですが、それは、結局、他者の他者性をむしろ抹消していることになる。他者と本当につき合うというのは、その人の近くに行くことだと思うんです。

柄谷　人に直接会うことから得られる情報量は大きいですね。たとえば、漫画家で山藤章二という人がいるでしょう。彼がむかし僕の似顔絵を描いたことがあるんですが、全然似てなかった。僕の写真を見て描いたからです。いっぺんでも生身の僕に会っていたら、どんなにデフォルメしていようが特徴をつかんだと思うんです。僕はかつて武田泰淳と一回だけ会ったことがあります。立ち話をしただけですが、僕の武田泰淳観はそれなしには成り立たない。だから僕は小林秀雄にも会っておくべきだったと思いますね。会う、会わないは瑣末なことのように見えるけど、実は大きいですね。中上健次のことでも生前に会っている人はわかるんだけど、そうでない人に今となっては説明できない。あの独特のいやらしさとか独特の可愛らしさとか……。

岡崎　どちらがいいか、という問題ではないですね。具体的に何か生産する場面ではもちろん、会わなければどうしようもない。メタレベルの言語なんかでは伝えられない。サッカーのチームと同じく、協働の生産ラインを作るためには互いに何が具体的にできるのか、どんな欠陥があるのか、オブジェクトレベルで認識しあうことが重要ですから。時間もかかる。しかし、そうした具体的な場面に距離を保つ余地も同時に必要なわけで、別にブログなんかがあってもいいと思うんですね。
けれど匿名掲示板というのは問題にする必要もないと思うのは、たぶんほとんどの人が確信のない意見を試しに書いてるだけでしょう。そもそも書き込む本人の意見も代表していない。たぶん、それに対して、どういうリアクションがあるか観察しようと好奇心で書いている。たとえば実際目の前で柄谷さんとしゃべっているときにはいいかげんなことはいえないという感じがあって、誰でも、よく考えてから話すけれど、掲示板にはそういう緊張感がない。

大澤　どうしてだろうね。本来はネットのほうが不特定多数の人が見てるんだから、ずっと責任をもって発言しないといけないはずなんだけど。

岡崎　不特定多数の人を前に、こういう人間がいたらどういう反応が出るのか、練習というか、リサーチするみたいに書いてるんじゃないですか。しかしそれは道路の渋滞予想みたいなもので、みんなが渋滞予想して行動すると外れるというのと同じパラドックスをはらんでいると思うんですけどね。まあ、掲示板では、こういう仕組みがすでに露呈して破綻してきてるんじゃないかな。

浅田　そう、だれもがあらかじめ受け手の反応を気にしてマーケティング・リサーチ的に振舞う傾向があり、それでバンドワゴン効果から雪崩現象みたいなことが起こったりもする。誰も人のことなんか気にしてないんだから、思ったとおりに書けばいいんだけど——というか、他人の反応に先立つ自分の考えというのがなくなってきているのかもしれませんね。

「ゼロから読む」読者たちへ

柄谷　ところで昨日、たまたま美術関係の本でマティスについて書かれた文章を読んでいたら、逆に今は若い世代がマティスとかを好んでいて、逆にオタクというのはいまや四十代以上の現象らしいんだね。たとえば村上隆などがもてはやされているのも結局は四十代の現象で、実際の美術のトレンドは全然違ってきているという。

岡崎　確かに若い学生に接していると、オタク文化なんて問題外という感じですね。彼らから見ると、たとえば会田誠さんとかももうおじさんなんです。それはそうだよね。彼だって四十歳近くで、学生から見れば二世代も三世代も上なんだから。

浅田　現在オタクが流行っているように見えるのは、たんに彼らが編集権を持つ世代になったからでしょう。

柄谷　若い世代はあんまりオタクに代表されたくないでしょうね。でもその代表されたくないという声は聞こえてこない。代表している連中の声が大きいから。少子化で若い人ほど数が少ないから、だんだん声が小さくなってきているんですかね。全共闘世代なんて、現在二十歳ぐらいの人より人口が多いんじゃないの。

浅田　団塊の世代というぐらいですから。

岡崎　団塊の世代と団塊ジュニアであるオタクの世代が、二十歳くらいの世代からみると区別がつかないぐらいダブってるんじゃないかな。行動パターンが似ている。

柄谷　僕は今の若い人たちについて何も知りませんが、今度の本を出すときなぜか、まったく若い人たちが読んでくれるのではないか、という気がしたのです。

浅田　われわれが何となく共有していた文化的な文脈がもうまったく存在しない砂漠のような状況で、だからこそ逆に良くも悪くもナイーヴにゼロから読んでみようという読者はたくさんいると思いますね。

大澤　たとえばマルクスに対して僕らはまだ特別な思いがある。上の世代ほどではないけど、ちょうど端境期というか。僕は、自分の本でマルクスについて好意的に引用したつもりだったのに、全共闘世代の何人かから文句をいわれたことがあります。一人はマルクスシンパで、「お前はレヴィ゠ストロースを引用するのと同じようなつもりで、マルクスを引用しているのでけしからん」という。もう一人はマルクスから離脱した人で、「あんなマイナーなところから引用するなんて、お前はマルクスのことを好意的にいいすぎる」と。いずれにせよ全共闘世代にとってマルクスの名は特別なんですね。僕らはマルクスが特別じゃなくなり始めた最初の世代だけど、しかしつい最近まで特別だったという痕跡というか、「兵どもが夢の跡」という感じがわかる年齢でしょう。さらに若い人だと、マルクスのそういう特別性が、こういう消極的な形ですらも、理解できないことになる。そのような人たちが、「カントとマルクス」を主題にした柄谷さんの著作にどう反応するのかは、すごく興味があります。

アイロニーに抗して

岡崎　そもそも美術の作り手を志していた学生の頃、僕が衝撃を受けた最初の柄谷さんの著作は『マルクスその可能性の中心』だったわけですけれど、その中で柄谷さんはヴァレリーを引いて、芸術作品の価値とマルクスのいう剰余価値とを重ねて論じている。資本と作品の並行関係。これは今の学生にもわかりますよ。むしろこれを通過せずに作品を作れないという自覚は強くなっている。フラットには決してならない。そもそも自分の作品の意味でさえ、作った本人にもわからないんだということですね。

柄谷　それはマルクスの流通過程論に対応しているんですね。

岡崎　作品を交換過程の中で生じるブラックボックスとして捉えるというか、作品の自己同一性が確保される均質で安定した場があるわけではないという認識は、最近の若い人の間では強くなっていますよ。

柄谷　美術についていうと、僕は昔からの通念として、美術館というのは作品が最終的に置かれる場所だと思っていたわけです。それが嘘だということが九〇年代に判明した。だからといって、ニヒリズムになるのではないですよ。そこから新しく考え直さないといけないということです。

岡崎　ええ。ニューヨークの近代美術館ができたのは一九二九年ですが、五〇年代にはもうそのコレクションの体系性は飽和してしまうんですね。歴史的に正当化することも、形式的に正当化することもできなくなる。六〇年代美術はいわばモダニズムの脱構築だったわけだけど、これも七五年くらいには袋小路になった。この後は、コンテンポラリーというのは歴史と無縁なファッションですから、コレクションとしての価値もだいたい十年くらいしか持たなくなっている。八〇年代から九〇年代にかけては奇妙な時代で、こうした事態と並行して美術館の建設ラッシュがあったんだけど、結果として、ともかく人を集めればいいというファッション、興業としてしか、いまや美術館が存在しえないということを露呈させてしまうことになりました。あげく現在では、美術館(とくに現代芸術専門館)だからといって、芸術を展示してあるとは限らないという冷ややかな目で若い人は見ていますね。

大澤 デュシャンの「泉」なんていうのは、構築主義の究極の姿だと思いますけどね。ジェイムソンが書いているけど、現代においては、あらゆるものが社会的に構成された虚構であって何事にも根拠づけられていないとする構築主義と、絶対的な根拠を信奉し希求する本質主義とが共存している。一方で文化左翼みたいな人たちが徹底的な反本質主義者になって「真理なんか存在しない」といっていて、もう一方で原理主義者たちが、特殊な真理を絶対化しているように見える。同時代のこの二つの傾向の対立的共存が、いま一つ理論化されていないという気がします。

浅田 言い換えると、極端なシニシズムと極端なナイーヴさが共存しているんだと思う。一方ではデュシャンをさらに何重にも屈折させるような韜晦があり、他方にはナイーヴな自己表現欲求があって、世界の中心で愛を叫んでしまう。

大澤 愛を叫ぶのは自由だが、何で世界の中心で叫ばなきゃいけないのか。

岡崎 逆に、世界の中心がないから、どこだって中心だってことでしょう。グラスの底に顔があってもいいじゃないかというのと同じ理屈。いずれにせよ、何重にも韜晦したつもりでも非常に単純なアイロニーにしかならないということですね。

浅田 たとえば、ブッシュや小泉を本当に素晴らしいリーダーだと思っている人は少ないんで、みんなわかっていてあえて支持するのだというけれど、そういってみたところでそのシニシズムには何の意味もない。

大澤　アイロニーは何百回続けてもアイロニーです。

岡崎　特に最近、美術館や画廊で展示される作品は全部アイロニーになってしまっている。一見危なそうでも、全部「なんちゃって」ですよ。最後の「なんちゃって」が、あらかじめ美術館全体に書いてあるようなものです。

大澤　昔は「なんちゃって」といっているだけでラディカルだったのが、今はもうみんなが「なんちゃって」といってるわけで、もはやラディカルでもなんでもない。先日のオリンピックを見ても、ドーピングだらけです。つまり、人間の肉体が「構築」されているわけで、構築主義的な現実の極みです。長い間、オリンピックでは絶対的な、直接の肉体の能力が競われているとずっとみんな信じていたと思うんですが、いまや肉体だっていくらでも構築できちゃう。だからオリンピックも美術よりちょっと遅れて「なんちゃって」の世界になったと考えるべきでしょう。

恐ろしいのは、究極のシラケと熱狂的な没入とが表裏一体であることです。つまり、別にバカなやつが原理主義者になって賢いやつが構築主義者になるわけじゃなくて、一人でその両方を持っているみたいなね。先に僕がジェイムソンに託して述べた二つの対立的な傾向の間には、通底性があるわけです。「2ちゃんねる」は、ある面ではシラケた連中の集まりだけど、一方で妙に熱が入っているでしょう。つまり、「なんちゃって」といっていればすべてを相対化できるわけではない。

浅田　柄谷さんが『歴史と反復』（第五巻）で分析しているロマンティック・アイロニーはまさにそれにつながるものでしょう。アイロニー／真面目（ネタ／ベタ）というのは容易に反転するので、若い頃に革命派だったロマン主義者が後に保守派になるといった例は珍しくない。ファシストだってそうでしょう。ナイーヴなファシストなんてそんなにいませんよ。

大澤　もしいたとしたら大したことはない。問題なのはアイロニーの意識を持ったファシストで、だからアイロニーというのは気をつけたほうがいい。

岡崎　いずれにしても、美術を含めて、もはやアイロニーは、現状に、ただイエスと相づちを打ち、反復している効果しかもちえていないということですね。

柄谷　日本では七〇年代まで各社がこぞって文学全集を出していた。「世界の文学」や「世界の思想」といった全集もあった。あれは人類全体を含むみたいなものだった。以来、そういう全集は作られていないでしょう。全集を作るパースペクティヴというか遠近法がなくなったのでしょう。

浅田　奇しくも二〇世紀が終わった段階で、良かれ悪しかれそういう前提がまったくなぎ倒されてしまった。デュシャンが二〇世紀の頭に展覧会場に便器を置くことで衝撃を与えられたのは、そこに破壊さるべき制度が前提としてあったからです。ところが、そういう制度が解体されてしまい、美術館自体が便器の展示場のようになってしまった――それこそ公共空間が公衆便所のようになってしまったように――というのが現在の状況でしょう。そうなると、体制に対してネガティヴな、あるいはアイロニカルなポーズをとろうにも、「暖簾に腕押し」になってしまうわけです。ほとんどすべてのジャンルがそういう状況にあると思いますね。そのような状況に真正面から抗う巨大なモニュメントとしての『定本』がこれからどう読まれていくか、また、こうしていままでの仕事をまとめた柄谷さんが今後どのような方向に向かっていくのか、期待をもって見守りたいところです。

柄谷　今までの前提に立った上で同じようなことをやることはもはやできない。それは諦めないといけないと思う。しかし僕は、ここまで何もなくなったら、むしろこれから本当に意味のあることをやれるという気がするんですよ。

あとがき

私は、二〇〇三年から二〇〇四年にかけて、「定本柄谷行人集」全五巻を刊行するために、これまでの仕事を点検し改稿した。つぎの大きな仕事にとりかかるためには、今まで気になりながら放置しておいた仕事を徹底的に整理しておかねばならないと思ったのである。

その中でも、一番大がかりな作業になったのは、『日本近代文学の起源』の改訂であった。それを書いた一九七〇年代後半と比べて、状況は根本的に変わっていた。かつては「近代文学」は自明＝自然ではなく歴史的な制度なのだ、といわなければならなかったが、今日では、「近代文学」はたんに歴史的である、つまり、もはや過去のものだという意味で。私自身も文学の現場から降りてしまっていた。

今となっては、近代文学の起源を問うことに意味はない。しかし、私は、それなら、なぜここ一世紀ほどの間に文学があれほど意味をもったのか、そして、なぜ今それがなくなったのか、を明らかにしておく義務があると考えた。さらに、この観点から見ると、「起源」が違ったかたちで見えてくるのではあるまいか、と。この本に載せた論文や講演は、こうした再検討の過程で出てきたものである。

本書にはまた、「定本集」の刊行を機に行われた、インタビューや座談会を収録することにした。ここでは、私の考えは、書いたものよりももっと具体的に明瞭になっていると思う。私の考えを引き出す話し相手になってくれた皆さんに感謝したい。

二〇〇五年九月九日

柄谷行人

［インタビュー、座談会出席者］（五十音順）

浅田彰　Asada, Akira
一九五七年生まれ。批評家。京都芸術大学教授。著書／『構造と力』（勁草書房）、『逃走論』（ちくま文庫）、『ヘルメスの音楽』（ちくま学芸文庫）、『「歴史の終わり」を超えて』（中公文庫）、『映画の世紀末』（新潮社）ほか。

大澤真幸　Osawa, Masachi
一九五八年生まれ。社会学。著書／『身体の比較社会学〈1〉〈2〉』（勁草書房）、『虚構の時代の果て』（ちくま学芸文庫）、『不可能性の時代』（岩波新書）、『ナショナリズムの由来』（講談社）、『〈世界史〉の哲学』（古代篇、中世篇、東洋篇、イスラーム篇、講談社）、『自由という牢獄』（岩波書店）ほか。

岡﨑乾二郎　Okazaki, Kenjiro
一九五五年生まれ。造形作家。著書／『ルネサンス 経験の条件』（文春学藝ライブラリー）、『抽象の力』（亜紀書房）、『絵画の素』（岩波書店）ほか。作品／8ミリ映画『回想のヴィトゲンシュタイン』、コンピュータ・アート・ワーク『Random Accident Memory』、近自然公園『日回り舞台』ほか。

岡本厚　Okamoto, Atsushi
一九五四年生まれ。岩波書店元代表取締役。雑誌『世界』の編集に携わり、一九九六年より二〇一二年まで同誌編集長。著書／『北朝鮮とどう向き合うか』（かもがわブックレット）。

萱野稔人　Kayano, Toshihito
一九七〇年生まれ。津田塾大学教授。著書／『国家とはなにか』（以文社）、『ナショナリズムは悪なのか』（NHK出版新書）、『暴力と富と資本主義』（角川書店）ほか。

関井光男　Sekii, Mitsuo
一九三九年生まれ、二〇一四年没。文芸評論家。著書／『坂口安吾』（新潮社）、『中村光夫研究』（共著、七月堂）、『日本モダニズム叢書』（編纂、ゆまに書房）、『坂口安吾全集』（共編、筑摩書房）ほか。

［初出一覧］

翻訳者の四迷	『國文學』二〇〇四年九月号	「翻訳者の四迷」	［一部改稿］
近代文学の終り	『早稲田文学』二〇〇四年五月号	「近代文学の終り」	［全面改稿］
歴史の反復について	『世界』二〇〇五年一月号	「一九四五年」と「二〇〇五年」	［全面改稿］
交換、暴力、そして国家	『現代思想』二〇〇四年八月号	「資本・国家・宗教・ネーション」	［一部改稿］
イロニーなき終焉	『國文學』二〇〇四年一月号	「批判哲学への転回」	［一部改稿］
来るべきアソシエーショニズム	『文學界』二〇〇四年十一月号	「絶えざる移動としての批評」	［一部改稿］

【著者】
柄谷行人　Karatani, Kojin
1941年8月生まれ．思想家，批評家

著書
〈定本 柄谷行人集〉（岩波書店）
　第 1 巻『日本近代文学の起源 増補改訂版』
　第 2 巻『隠喩としての建築』
　第 3 巻『トランスクリティーク —— カントとマルクス』
　第 4 巻『ネーションと美学』
　第 5 巻『歴史と反復』
『力と交換様式』（岩波書店）
『哲学の起源』（岩波書店）
『帝国の構造』（青土社）
『世界史の構造』（岩波書店）
『世界共和国へ —— 資本＝ネーション＝国家を超えて』（岩波新書）
『遊動論 —— 山人と柳田国男』（文春新書）
『柳田国男論』（インスクリプト）
『「世界史の構造」を読む』（インスクリプト）ほか多数．

翻訳されている主要著書（英語のみ）
Marx: Towards the Centre of Possibility, Verso Books, 2019 (paperback)
Isonomia and the Origins of Philosophy, Duke University Press, 2017 (paperback)
Nation and Aesthetics: On Kant and Freud, Oxford University Press, 2017
The Structure of World History: From Modes of Production to Modes of Exchange, Duke University Press, 2014 (paperback)
History and Repetition, Columbia University Press, 2011
Transcritique: On Kant and Marx, MIT Press, 2005 (paperback)
Architecture as Metaphor: Language, Number, Money, MIT Press, 1995 (paperback)
Origins of Modern Japanese Literature, Duke University Press, 1993 (paperback) ほか．

近代文学の終り　柄谷行人の現在

柄谷行人

2005年11月11日　初版第1刷発行
2023年 9月25日　初版第5刷発行

装　幀　間村俊一
写　真　港　千尋
発行者　丸山哲郎

発行所　株式会社インスクリプト
〒102-0074 東京都千代田区九段南2丁目2-8
tel: 050-3044-8255　fax: 042-657-8123
info@inscript.co.jp
http://www.inscript.co.jp

印刷・製本　株式会社厚徳社
ISBN978-4-900997-12-7
Printed in Japan

『マルクスその可能性の中心』と並行して執筆され、
『日本近代文学の起源』に先駆・結実する最重要論考

柄谷行人
柳田国男論　2刷

柳田の倫理学は、人間と人間の関係にではなく、人間と自然あるいは自然と自然との関係にすえられている。そのなかで、精神は何をなしうるか。柳田が突きつめて考えていたのはそういう問題だ。そこに、あの方法的意志があらわれる。方法的であることによってしか、精神は存立することができない。精神が負わされた宿命を、柳田国男ほどに考え且つ実行した人を私は知らないのである。

［「柳田国男試論」より］

［目次より］
序文
柳田国男論 一九八六年
柳田国男試論 一九七四年
柳田国男の神 一九七四年
引用出典一覧

四六判上製298頁　2,600円　ISBN978-4-900997-38-7　［価格は税抜］

3.11後に読み直された『世界史の構造』をめぐる思考の軌跡

柄谷行人

「世界史の構造」を読む　2刷

福島第一原発事故は、根本的に国家が介在することによって生みだされ悪化させられた災害に該当します。……脱原発への闘争とは、原発を造るべく資本=国家が構築してきた体制を脱構築することです。その意味では、災害が資本=国家への対抗運動の引きがねを引くことになりうる、と思います。　［本書、第I部より］

［目次より］

第I部

震災後に読む『世界史の構造』（書下し）

第II部（対談、座談会）

未来について話をしよう…苅部直／資本主義の終り、アソシエーショニズムの始まり…大澤真幸・岡崎乾二郎／生産点闘争から消費者運動へ…高澤秀次・絓秀実／交換様式論の射程…奥泉光・島田雅彦／遊動の自由が平等をもたらす…大澤真幸・苅部直・島田裕巳・高澤秀次／協同組合と宇野経済学…佐藤優／イソノミア、あるいは民主主義の更新…山口二郎

四六判上製382頁　2,400円　ISBN978-4-900997-33-2　［価格は税抜］